Leonora Carrington

[墨西哥]莉奥诺拉·卡林顿→著

郁梦非 李思璟 郑楠→译

莉奥诺拉·卡林顿 短篇小说集

椭圆女士

The Collected Stories
of Leonora Carrington

GUANGXI NORMAL UNIVERSITY PRESS

广西师范大学出版社

·桂林·

图书在版编目(CIP)数据

椭圆女士：莉奥诺拉·卡林顿短篇小说集 / (墨)
莉奥诺拉·卡林顿著；郁梦非，李思璟，郑楠译. ——
桂林：广西师范大学出版社，2023.8
书名原文：The Collected Stories of Leonora Carrington
ISBN 978-7-5598-5873-3

Ⅰ.①椭… Ⅱ.①莉…②郁…③李…④郑… Ⅲ.①短篇
小说－小说集－墨西哥－现代 Ⅳ.①I731.45

中国国家版本馆CIP数据核字(2023)第040959号

著作权合同登记号桂图登字：20-2022-259 号

TUOYUAN NÜSHI: LI' AONUOLA · KALINDUN DUANPIANXIAOSHUO JI
椭圆女士：莉奥诺拉·卡林顿短篇小说集

作　　者：（墨西哥）莉奥诺拉·卡林顿
责任编辑：彭　琳
特约编辑：苏　骏
装帧设计：汐　和　at compus studio
内文制作：常　亭

广西师范大学出版社出版发行

　广西桂林市五里店路 9 号　邮政编码：541004

　网址：www.bbtpress.com

出版人：黄轩庄
全国新华书店经销
发行热线：010-64284815
北京华联印刷有限公司印刷
开本：787mm×1092mm　1/32
印张：8.5　字数：113 千
2023 年 8 月第 1 版　2023 年 8 月第 1 次印刷
定价：66.00 元

如发现印装质量问题，影响阅读，请与出版社发行部门联系调换。

目录

Maison de la Peur 恐怖之家

...contents...

目录

...contents...

目录

contents

The Seventh Horse 第七匹马

目录

contents

目录

cor

Maison de la Peur 恐怖之家

舞会新秀

在我初入社交界的时候，我经常去动物园。我去得实在太频繁，导致我了解动物胜过了解和我同龄的年轻女孩。我正是为了逃避世俗才每天去动物园的。我最熟悉的野兽是一只鬣狗。她也熟悉我。她聪明得很。我教她法语，作为回报，她教我她的语言。我们就这样度过了许多欢乐的时光。

五月一日，我母亲为我举办了一场舞会。一连好几个晚上，我都感到痛苦：我一直讨厌舞会，尤其是那些以我的名义举办的舞会。

一九三四年五月一日上午，一大早，我去拜访了鬣狗。

"烦死了，"我说，"今晚我必须去参加我的舞会。"

"您很幸运，"她说，"我倒是乐意去。我不会跳舞，但我毕竟可以聊天。"

"那里会有许多吃的东西，"我说，"我看见食物一车一车往家里送。"

"而您还在抱怨，"鬣狗反感地说道，"我呢，我每天只吃一顿，看看人们给我吃的都是些什么垃圾！"

我有一个大胆的想法，我差点笑出来。

"您替我去舞会就行了。"

"我们不够相像，不然我会去的。"鬣狗有些难过地说道。

"听着，"我说，"在晚会的光线里，人们看得不那么清楚。如果您乔装打扮一下，没有人会在人群里认出您。何况，我们个头差不多。您是我唯一的朋友，我请求你。"

她思考了一下。我知道她打算接受我的请求。"好的。"她突然说。

清晨时分，这里没有多少警卫。我很快打开笼子，溜到了街上。我叫来一辆出租车。到家的时候，所有人都还在床上睡着。在我的卧室里，我拿出一条晚上要穿的裙子。裙子有一点长，鬣狗穿我的高跟鞋走路时有些艰难。我找出一副手套，用来藏起鬣狗的爪子，那双毛茸茸的爪子实在是不像我的手。等到太阳照亮我的卧室，她在房间里转了好几圈，走得越来越熟练了。我们忙得不可开交，而我母亲要来和我道早安，她开门的时候，鬣狗差点来不及躲到床底下去。"你房间里有股难闻的气味，"我母亲开门的时候说道，"舞会之前，你用我新得的浴盐洗个香水浴。"

"知道了。"我对她说。

她没有久留。我想一定是因为这气味对她来说太冲了。

"早饭别迟到。"她离开房间时说道。

主要的困难，在于找到方法给鬣狗的脸化妆。我们一连尝试了好几个小时，她拒绝了我所有的提议。最后她说：

"我想我找到解决办法了。您有女仆吗？"

"我有。"我困惑地答道。

"那好，就这样。您叫她过来，等她进门，我们就扑上去，把她的脸撕下来。我戴着她的脸参加舞会。"

"这不可行，"我说，"如果没有脸，她很可能会死的。会有人发现她的尸体，然后把我们关进监狱。"

"我很饿，可以吃掉她。"鬣狗反驳道。

"骨头呢？"

"也吃掉，"她说，"就这么办？"

"但你要保证，先杀死她，再撕下她的脸。否则，她会很痛的。"

"好，我无所谓。"

我叫来女仆玛丽，内心有一些烦躁。如果我不是如此讨厌舞会，我不会对她做这样的事情。就在玛丽进门的时候，我面向墙壁不看她。我承认一切发生得很快。一声短促的大叫，结束了。鬣狗吃她的时候，我看着窗外。几分钟后，鬣狗说：

"我吃不下了。还剩两只脚。如果您有一只小袋子，我可以留到今天晚些时候再吃。"

"您可以在衣橱里找到一只绣着百合花的袋子。把里面的手帕取出来，用那个袋子吧。"

她按照我说的做了。然后她说："您现在转过身来，看看我有多漂亮！"镜子前面，鬣狗陶醉在女仆的容貌里。她仔细地吃掉了脸周围的部分，好留下她恰好需要的部分。"确实，"我说，"做得很完美。"

傍晚，当鬣狗打扮好了，她对我说："我感到精力旺盛。我想今晚会十分顺利。"

听见楼下不时传来音乐声，我对她说："现在就去吧，请您记住，不要站在我母亲身边，她一定会发现您不是我。别的人我反正都不认识。好运。"我抱了抱她之后就离开了，但她身上散发出一股难闻的气味。

夜幕降临。白天的情绪令我疲惫，于是我打开了一本书，在敞开的窗户旁边休息。我记得自己在读乔纳森·斯威夫特的《格列佛游记》。或许就在当时，厄运终于显现出它的第一个征兆。一只蝙蝙从窗户里飞进来，发出微弱的叫声。我怕极了蝙蝠。我藏在一把椅子后面，牙齿都在打战。我刚刚跪好，翅膀的拍打声就被来自房门的一声巨响掩盖了。我母亲进来了，气得脸色惨白。"我们刚坐到桌边，"她说，"那个代替你的东西站起来叫道：'我的气味有点难闻，对吗？好吧，那我不吃蛋糕了。'紧接着，她把脸撕下来吃了。一跃而起，她消失在窗外。"

1937—1938 年

由亨利·帕里索编辑

恐怖之家

一天，十二点半左右，我在某个街区散步，遇到一匹马，它拦住了我。"过来，"它说，"我有些东西要私下给你看。"它用头指了指一条又窄又暗的小路。"我没时间。"我这样答道，却不由自主地跟着它走。我们来到一扇门前，它用左蹄敲了敲门。门开了。我们进去。我心想，我会赶不上午饭的。里面有几个穿着教会服装的家伙。"上楼吧，"他们对我说，"您会看见我们漂亮的镶木地板。它整体是松石绿色的，板条之间用黄金来拼接。"我惊讶于这份好客之情，低下头向马示意，要它带我见识这个宝物。楼梯的台阶很高，但我们，那匹马和我，爬起来并不困难。"要知道，它其实没有那么漂亮，"它低声对我说，"但总要赚钱谋生啊，不是吗？"我们很快就看到了那块地板，它就铺在一个空荡荡的大房间的地上。地板是亮蓝色的，板条之间拼接着黄金。我礼貌地注视着它；那匹马若有所思："好了！你看吧，这差事很无聊，我做它只是为了钱。实际上，我并不属于那个圈子。下一个聚会日我会让你看到的！"我心想，确实，这匹马不是一匹普通的马，很容易就能发现这一点。这个结论促使我想进一步认识它。

"我会去参加你的聚会，"我承诺道，"开始对你抱有某种同情了。"

"您比一般人要好，"它回应道，"我很擅长从普通人中辨别出那些具有某种领悟力的人。我有一眼看透灵魂的天赋。"

我尴尬地笑了笑。

"聚会呢？"

"就在今晚。穿点暖和的衣服来。"

这可怪了，外面明明是阳光明媚的好天气。

我们从房间尽头的楼梯上下来，我惊讶地发

现，那匹马比我走得更顺利。修女们已经不在了，我默默地走出房子。"九点钟，"马说，"我会去您家接您。请提前告知门房。"

在回家的路上，我想起我本该邀请这匹马去家里吃晚饭的。"算了。"我对自己说。我买了一棵生菜和几个土豆。到家以后，我生了点火来准备晚餐。我喝了些茶，回忆白天的事情，尤其是那匹马，尽管相识很短暂，但我把它称为朋友。我朋友很少，很高兴有一匹马做我的朋友。晚饭后，我抽了一根烟，想着出门是一件多么奢侈的事情，我不用再和自己聊天，不用再忍受那些我不断讲给自己听的一成不变的故事。尽管我拥有出色的头脑和出众的外貌，可我是一个非常无聊的人，没有人比我自己更清楚这一点了。我常想，如果有机会，我也许会成为知识界的中心，但由于不断和自己聊天，我习惯于总是重复相同的话题。您指望什么呢？我是一个孤独的人。就在我思考这些的时候，我的马朋友敲响了我的门，它的力气太大了，我担心邻居们会抱怨。"我来了。"我对它喊道。

在黑暗中，我很难分辨我们行走的方向。我跑在它旁边，紧紧地攥住它的鬃毛。很快我就发现，在我们前面、后面和两边，在一大片空间里，马越来越多。它们注视着前方，每匹马的嘴里都衔着一块绿色的东西。它们跑得很急，蹄声震动着地面。天气变得很冷。

"这个聚会每年都会举办。"马说。

"它们看上去不太享受。"我说。

"我们去参观恐怖夫人的城堡，她是女主人。"

城堡就在我们面前。马告诉我，城堡是用储存着冬季寒气的石头建造的。"里面比外面更冷。"它说。走进院子，我发现它说的是实话。所有的马都冻得发抖，牙齿发出咔咔的声音。我感觉好像地球上所有的马都出席了这次聚会。每匹马的眼睛都肿了，眼神呆滞，嘴巴周围冻结着泡沫。我不敢说话，我害怕极了。我们排成一列向前走，走进一个装饰着各种蘑菇和夜间水果的大房间。所有的马都坐在自己的后腿上，前腿伸直。它们打量着周围，但头保持不动，只露出眼白。我非常害怕。在我们面前有一张很大的床，以一种浪漫的方式倾斜着，上面站着那位女主人——恐怖夫人。她隐约有些像马，但丑陋得多。她的睡袍是通过把一只只活蝙蝠的翅膀缝在一起制成的。从这些蝙蝠摆动的方式来看，它们不喜欢这样。

"我的朋友们，"她泪流满面地说，"三百六十五天以来，我想到了今晚最好的娱乐方式。晚餐像往常一样，每人可以领三份。不过，除此之外，我还有一个新游戏，我认为它十分新颖，因为我花了很长时间去思考如何完善它。我衷心希望，你们都能在这个游戏里体验到我在构思游戏规则时所感受到的快乐。"

接替这些话的，是一片深深的沉默。她继续说道：

"我会告诉你们详细的规则。我将亲自监督游戏过程，由我来决定谁是赢家。你们都要以最快的速度从一百一十数到五，心里想着自己的命运，为比你先走的对手流泪；同时，你们必须用左前腿打《伏尔加船夫曲》的拍子，用右前腿打《马赛曲》的拍子，用两条后腿给《夏日最后一朵玫瑰，你在哪里？》打拍子。我还制定了其他细则，但为了简化游戏，我把它们删了。现在，游戏开始，别忘了，即便我不能监督整个大厅，还有上帝监督着一切。"

我不确定是不是寒冷激发了这样一种热情，总之，马群开始拍打蹄子，仿佛它们想要进入地球深处。我停在原地，希望恐怖夫人没有看见我，可我有一个令人不安的念头：她正用她那只硕大的眼睛仔仔细细地看着我（她只有一只眼睛，但那只眼睛是普通眼睛的十倍大）。我就这样待了二十五分钟，可是……

1937 年

由 H. P. 编辑

椭圆女士

一位非常高、非常瘦的女士站在窗前。窗户本身也非常高、非常窄。这位女士的面容既苍白又忧郁。她一动不动，窗户里的一切都是静止的，除了她头发上的山鸡羽毛。那根颤动的羽毛吸引了我的目光。它在这扇全然静止的窗户里如此抖动着！这是我第七次经过这扇窗。忧郁的女士没有抱怨。而且尽管那天下午很冷，我还是停在那里。也许，里面的家具也和她以及那扇窗一样又长又窄。也许猫也是，如果里面有的话，也会符合那种优雅的比例。我想知道，我被好奇心吞噬了；一种无法抗拒的冲动驱使我进入了那栋房子，我只是想知道而已。还没来得及意识到我究竟在做什么，我已经来到了房子的前厅。门在我身后轻轻地关上了，有生以来第一次，我置身于一座真正的贵族宅邸。这令人窒息。首先，一种高雅的静谧令我不敢呼吸。其次，家具和装饰都极其优雅。每把椅子都至少是普通椅子的两倍高，而且窄得多。在贵族这里，盘子都是椭圆形的，不是平民家里那种圆形。客厅里站着那位忧郁的女士，一团火在壁炉里噼啪作响，一张桌子上摆满了杯子和蛋糕。在离炉火不远的地方，一只茶壶静静地等待有人把里面的东西倒出来。

从背后看，女士似乎更高了。她至少有三米高。我盘算着如何向她开口。说天气好差？太平庸了。聊聊诗歌？哪一首？

"夫人[1]，您喜欢诗歌吗？"

"不，我讨厌诗歌。"她回答我，声音里充斥着烦闷，也没有回头看我。

"喝杯茶吧，会让您精神起来的。"

"我不喝，我不吃，这是为了向我父亲那个混蛋抗议！"

1　原文为西班牙语。——若非特殊说明，本书注释均为译者注

沉默了一刻钟之后，她转过身来。我惊讶于她的年轻。她大约十六岁。

　　"小姐，您这么年轻，却长得这么高。我在十六岁的时候，不及您一半高。"

　　"我不在乎。还是给我一杯茶吧，但不要告诉任何人。我也许还会吃一块蛋糕，但记住不要告诉任何人。"

　　她吃起东西来胃口出奇地好。吃到第二十块蛋糕的时候，她对我说：

　　"尽管我饿得要命，他也休想得逞。我从这里可以看到殡仪队，有四匹油光发亮的黑色大马……队伍慢慢前行，我那口白色的小棺材在红玫瑰花丛里留下一个白点。人们哭啊，哭啊……"

　　她开始哭泣。

　　"这是美丽的卢克蕾提亚的小小的遗体！您知道吗，人一旦死了，就没什么事要做了。我想饿死自己，只是为了惹他生气。真是头猪！"

　　说完这些，她缓缓地离开了房间。我跟在她身后。

到了四楼，我们进入一间巨大的儿童房，里面到处散落着破损的玩具。卢克蕾提亚走到一匹木马旁边，木马静止在飞奔的姿态，尽管它看上去显然快有一百岁了。

"嗒嗒是我的最爱，"她边说边抚摸木马的鼻子，"它讨厌我的父亲。"

嗒嗒优雅地来回摇摆着，我不知道它为什么能独自动起来。卢克蕾提亚握紧双手，若有所思地看着它。

"它会像这样去很远的地方，"她继续说道，"当它回来的时候，会给我讲有趣的事情。"

我看着窗外，发现正在下雪。天气很冷，但卢克蕾提亚没有注意到。窗户上轻微的声响吸引了她的注意力。

"这是玛蒂尔德，"她说，"我应该让窗户开着的。另外，这里好闷。"随后她砸破了玻璃，雪和一只喜鹊一同飞了进来。喜鹊在房间里绕了三圈。

"玛蒂尔德像我们一样讲话。十年前，我把它的舌头切成了两半。多么漂亮的生灵！"

"漂亮的生灵，"玛蒂尔德用女巫般的嗓音叫道，"漂漂亮亮的生灵哟！"

玛蒂尔德停在始终缓慢奔跑着的嗒嗒的头上。它的羽毛上覆盖着雪。

"您来找我们玩吗？"玛蒂尔德问道，"我很高兴，因为我在这里非常无聊。想象我们都是马儿吧。我，我要变成一匹雪马。这会是独一无二的。你也是，玛蒂尔德，你也是一匹马。"

"马，马，马。"玛蒂尔德一边叫着，一边在嗒嗒的头上滑稽地飞舞。

卢克蕾提亚跳进积得很深的雪里，一边打滚一边喊道："我们都是马！"

当她站起来时，产生了奇异的效果。如果我不知道这是卢克蕾提亚，我一定会以为眼前是一匹真马。她很漂亮，洁白得令人无法直视，四条腿纤细如针，鬃毛像水流一样垂落在脸庞周围。她欢快地笑着，在雪里疯狂地跳舞。

"跑呀，跑呀，嗒嗒，我要跑得比你还快。"

嗒嗒没有改变速度，但它的眼睛闪着光。我

们只能看见它的眼睛，因为它被雪覆盖了。玛蒂尔德大叫着，把头撞向四壁。而我，我跳着类似波尔卡的舞蹈，以免自己被冻死。我突然发现门开了，门框里站着一位老妇人。她在那里，也许站了很久，但我一直没有发现她。她正用凶狠的眼神盯着卢克蕾提亚。

"停下，停下！"她突然暴怒，颤抖地喊道，"这里发生了什么事，各位小姐？卢克蕾提亚，难道您不知道，这个游戏是被您父亲严令禁止的吗？这荒唐的游戏！您已经不是小孩子了。"

卢克蕾提亚还在跳舞，四条腿险些踢到那位老妇人。她发出刺耳的笑声。

"停下，卢克蕾提亚！"

卢克蕾提亚的声音变得越来越尖厉；她笑得扭曲了。

"好，"老妇人说，"小姐，您不愿意服从，很好。您就等着后悔吧。我会把您带到您父亲那里去。"

她有一只手背在身后。她竟以一种不属于年

迈妇人的惊人的迅捷跳上卢克蕾提亚的背，往卢克蕾提亚的牙齿间装上了一只马衔。卢克蕾提业跃向空中，愤怒地嘶鸣着，但老妇人没有被甩下来。接着，她逮住了我们，她抓我的头发，抓玛蒂尔德的头，我们都疯了似的跳起来。走廊里，卢克蕾提亚到处乱踢，踢破了油画、椅子、陶罐。老妇人黏在她背上，像一只贻贝黏着礁石。我浑身是伤，我猜玛蒂尔德已经死了。它如同一块破布，在老妇人的手里悲伤地抖动。

我们在一片喧闹中到达了餐厅。长桌的尽头坐着一位老先生，他更像一种几何形状而非别的什么东西，他吃完饭了。突然，一片绝对的宁静笼罩了房间。卢克蕾提亚用傲慢的神情看了看她的父亲。

"看样子，你又故态重萌了，"他边嚼榛子边说，"冷石小姐把你带来是对的。我禁止你玩马已经有三年零三天了。这是我第七次纠正你，而你也知道，七在我们家里是最后的数字。我觉得，亲爱的卢克蕾提亚，我必须以相当严厉的方式纠正你的行为。"

年轻女孩以马的形态保持不动，但她的鼻孔在颤抖。

"我做的一切都是为了你好，我的女儿。"老人用极其温柔的口吻说。接着他继续说："你已经过了和嗒嗒玩耍的年纪。嗒嗒是给小孩子玩的。所以我会把它烧掉，烧得什么也不剩。"

卢克蕾提亚双膝跪地，发出一声骇人的尖叫。

"不要，爸爸，不要！"

老人十分温柔地笑了笑，又嚼了一颗榛子。

"第七次了，我的女儿。"

泪水从卢克蕾提亚这匹马的大眼睛里流淌下来，在雪白的脸颊上汇成了两条小溪。她白得发亮，好似一道光。

"求求您，爸爸，求求您！不要烧嗒嗒！"

她尖厉的声音逐渐减弱，很快，她的双膝就浸在了一摊水里；我生怕看到她就这样融化。

"冷石小姐，放了卢克蕾提亚小姐。"父亲说。于是，老妇人把这可怜的小家伙放了，她已经变得瘦弱不堪，浑身发抖。

我想他没有注意到我的存在。我躲在门后，听见老人向儿童房走去。过了一会儿，我用手捂住自己的耳朵，因为一阵阵可怕的嘶鸣声从楼上传来，仿佛一头野兽正遭受着闻所未闻的折磨……

1938 年

由 H. P. 编辑

皇家命令

我接到了觐见祖国皇室的皇家命令。

邀请函上的字母是烫金的，围着花边；上面还有玫瑰花和燕子。

我去找我的车，可我的车夫缺乏务实的观念，刚刚把车埋了。

"这是为了长蘑菇，"他对我说，"没有什么比车更能滋养蘑菇的了。"

"布雷迪，"我对他说，"您是个大傻瓜。您废了我的车。"

正因为我的车彻底不能开了，我不得不租一辆马车。

当我到达皇宫的时候，一个身着红金服饰的

仆从面无表情地对我说：

"从昨晚开始，女王就疯了；她在她的浴盆里。"

"太不幸了！"我叹息道，"怎么会发生这种事？"

"因为热。"

"那我还可以见她吗？"（我只是不想让这次长途旅行毫无收获。）

"可以，"仆从回答，"您依然可以见她。"

我们穿过走廊，那里装饰着以假乱真的大理石，美第奇天花板上雕刻着希腊浮雕，蜡制的水果到处都是。

当我走进女王的房间，她正在浴盆里。我发现她用羊奶洗澡。

"进来吧，"她对我说，"您看，我只用活着的海绵洗澡，这样最健康。"

海绵在羊奶里游泳，女王抓不住它们。一个拿着长铁钩的仆从不时地帮忙。

"很快，"女王说，"我就洗完澡了。我要给您一个提议：我希望您代替我管理政府。我太累了。这些人都是傻瓜，您不会有麻烦的。"

"遵命。"我说。

政府会议厅在宫殿的另一头。大臣们围坐在一张很长、很华丽的桌子旁。

作为女王的代表，我坐主座。首相站起来，用一把槌敲击桌面。桌子裂成了两半。仆从们又搬来一张桌子。首相换掉了他的木槌，第二把是橡胶做的。他又敲击桌面，然后说道：

"女王代理人小姐，各位大臣，我的朋友们，我们挚爱的女王昨天疯了。我们需要一位新女王。但首先，我们要杀掉旧女王。"

大臣们窃窃私语了一会儿。最老的大臣很快站起身，对议会说道："那么就必须有一个计划。不仅仅是计划，也是一个决定。必须决定由谁来杀女王。"

所有人同时举手。我不太清楚作为女王陛下的代理人应该做些什么。

首相困惑地看着这些帮手。"我们不可能都当杀手，"他说，"但我有一个很好的主意。我们比赛下跳棋，获胜者将有权刺杀女王。"他转向我继续说道："小姐，您会下跳棋吗？"

我满心困惑。我一点也不想刺杀女王，我知道这种行为会招致怎样严重的后果。另一方面，我下跳棋毫无才能。我认为危险与我无关，便接受了提议。

"随便。"我回答。

"那么，一言为定，"首相说，"获胜者要做的事情如下：他必须带女王到皇家动物园里散步。等走到狮笼前面（左手边第二个），就把女王推进笼子里。我会要求守园人在明天早上之前都别给狮子喂食。"

女王把我叫到她的书房。她正在给地毯上印着的花朵浇水。

"一切顺利吗？"她问。

"很顺利。"我不安地回答。

"您不想来点汤吗？"

"您太好心了。"我说。

"这是假牛肉汤，我自己做的，"女王说，"里面只有土豆。"

我们喝汤的时候，乐队演奏着既流行又经典的曲子。女王狂热地喜爱音乐。

用餐完毕，女王去休息了。至于我，我去露台上参加跳棋比赛。我很紧张，但我继承了我父亲的体育精神。我说了会去，就一定会去。

宽阔的露台令人印象深刻。在被黄昏和柏树遮蔽的花园前，大臣们聚集在一起。那里有二十几张小桌子，每张桌子配两把椅子，椅腿纤细、脆弱。看到我来了，首相喊道：

"各就各位！"然后所有人都迅速赶到桌子旁边。凶残的比赛开始了。

一整个晚上，比赛没有停歇；唯一打断比赛的声音是部长们不时发出的一声又一声怒吼。黎明时分，喇叭声突然终止了比赛。不知道从哪儿冒出来一个声音：

"她赢了！她是唯一没有作弊的人。"

恐惧令我扎根在地上。

"什么？我？"我说。

"是的，您。"声音回应道。我注意到是最大的那棵柏树在说话。

"我要逃走。"我边想边往大路上跑。然而，柏树将它的根从地里拔起，激起的尘土四处飞溅，它开始追我。"它比我大。"想到这里我停了下来。柏树也停了下来。它的每一根枝条都击打出令人害怕的噼啪声，它一定很久没有跑过了。

"我接受。"我说。于是柏树缓慢地回到了它的树坑里。

我找到了女王，她就睡在她的大床上。

"我邀请您去动物园散步。"我惴惴不安地说道。

"可是现在太早了，"她回答，"还不到五点钟。我从来不在十点钟之前起床。"

"外面天气很好。"我又说。

"好吧，既然您坚持……"

我们来到寂静的动物园。黎明是万物屏息的时刻，沉默的时刻；一切都被石化了，只有光在移动。我靠唱歌来壮胆。我连骨头里都在发寒！女王正在对我说她用果酱喂马的事情。

"这样可以防止它们变邪恶。"她说。

"她应该给狮子喂一些果酱的。"我暗想。

一条长长的大路通向动物园，路边种满了果树。不时有沉重的果实落在地上："噗咯。"

　　"鼻炎，"女王说，"只要有信心，是很容易治愈的。我呢，我会使用橄榄油腌制的牛肉榛子。我把它们放进鼻子里。第二天，鼻炎就好了。或者用同样的办法，把配方换成冷面条浸肝脏汁（首选羊肝）。它能奇迹般地消除头部的昏沉感。"

　　"她不会再得鼻炎了。"我想。

　　"可是对于支气管炎来说，情况更复杂些。我那可怜的丈夫最后一次支气管炎发作时，我试图用我为他织的外套救他，可是没起作用。"

　　动物园越来越近。我已经听见野兽在它们的晨梦中抖动身躯。我想转身，但我惧怕那棵柏树，惧怕它用它那些毛茸茸的黑色枝条所能做的一切。接着，我闻到了狮子的气味，于是我唱得更响了，为自己壮胆。

1938 年

由 H. P. 编辑

恋人

一天夜里，我在路过小巷的时候偷了一只甜瓜。藏在水果堆后面的店主抓住我的胳膊对我说：

"小姐，这样的机会我已经等了四十年。四十年来，我藏在这堆橘子后面，只盼着有人来顺走我的水果。原因是什么？我来告诉您，我来讲讲我的故事。如果您不听，我就要把您交给警察了。"

"我听。"我说。

他抓着我的胳膊就把我往水果店里拽，拽到水果和蔬菜中间。我们穿过店铺尽头的一扇门，来到一间卧室。那里有一张床，床上躺着一个女人，一动不动，很可能死了。我想她待在那里很久了，因为床上覆满了草。

"我每天给她浇水，"店主若有所思地说道，"四十年来，我不清楚她是死是活。这段时间里，她不动，不说，也不吃。奇怪的是，她的身体仍是热的。您如果不信，请看。"

说着，男人掀起了床单的一角，我看见下面有许多鸡蛋，还有几只刚出生的鸡崽。"您看，"他说，"我就在这儿孵我的蛋。我也卖新鲜的鸡蛋。"

我们各自坐在床的一边，水果店店主又说道：

"相信我，我很爱她！我一直爱着她！她是如此甜美！她有一双灵巧、白皙的小脚。您想看看吗？"

"不想。"我回答。

"好吧，"他长叹一口气，接着说道，"她是如此美丽！我，我的头发原来是金色的；她呢，她曾有一头迷人的黑发！（现在，我们的头发都白了。）她父亲是个怪人，在乡下有一栋大别墅，收藏着大量的羊排。我们就是因此认识的。我呢，有一个小小的天赋，能用自己的目光把肉变得干燥。推脚先生（这是他的姓氏）听说了我，邀请我去他家为那些羊排脱水，以防它们腐坏。阿涅斯是他的女儿。

我和她一见钟情。我们一起坐船从塞纳河离开。我负责划桨。阿涅斯对我说：'我爱你，我只为你而活。'我用同样的话回应她。我相信，是我的爱让她的身体直到现在都保持着温热；她死了，也许吧，但温度还在。"

"明年，"他望着远处继续说道，"明年我要放几个西红柿；我觉得西红柿说不定会在她的身体下面茂盛地生长……夜幕降临，我不知道能在哪里度过我们的新婚之夜。阿涅斯面色苍白，看上去疲惫极了。终于，在我们刚划出巴黎的时候，我看见了一家临河而开的酒馆。我把船划过去，走上一个昏暗、简陋的露台。那里有两匹狼和一只狐狸，它们在我们周围转悠。没有其他人了……

"我敲了门，又敲了敲，紧闭的门散发出一种可怕的静默。'阿涅斯累了！阿涅斯累极了！'我竭尽全力地喊道。终于，窗口出现了一个老妇人的脸，那张脸说：'我什么都不知道。狐狸是这里的老板。让我睡觉吧。别打扰我。'阿涅斯哭了起来。没有别的办法，我必须去问狐狸。'你们这儿有床位吗？'

我问了好几遍。它完全不回答；它不会说话。那张脸再次出现，比上一次更老了，它被一根细线吊住，正从窗户里缓缓下降：'您去问狼吧；我，我不是这里的老板。让我睡觉吧，谢谢。'我明白过来，这张脸疯了，继续下去也没有意义。阿涅斯一直在哭。我绕着酒馆走了好几圈，最后，我打开了一扇窗，我们从那里进去。我们置身于一间高级厨房，一口烧红的大锅里正煮着各种蔬菜；蔬菜自己跳进沸水里，这把我们乐坏了。我们饱餐一顿，然后在地上睡觉。我把阿涅斯搂在怀里。我们根本睡不着。可怕的厨房里包罗万象。数量可观的老鼠聚在它们的洞口，用尖细的、令人不适的小嗓唱着歌。肮脏的气味飘过来又散出去，一阵接着一阵。这里有风。我相信，就是这些风带走了可怜的阿涅斯。她再也没有恢复过来。从那天起，她越来越沉默……"

水果店店主被泪水模糊了视线，于是我带着甜瓜逃走了。

1938 年

由 H. P. 校对

萨姆·卡林顿叔叔

当塞缪尔·卡林顿叔叔看见满月的时候，他忍不住笑了。落日对埃奇沃思婶婶有同样的效果。这两个事实给我可怜的母亲造成了许多痛苦，她毕竟拥有一定的社会声望。

八岁时，我被认为是家族里最严肃的人。母亲向我袒露了心声。她说任何人都不再邀请她了，乔门德利-博顿夫人在街上也不再向她问好，这令她蒙羞。我听了很难过。

萨姆·卡林顿叔叔和埃奇沃思婶婶住在家里。他们就住在二楼。所以，这种可悲的事态根本无法隐藏。一连好几天，我都在想如何让家族摆脱耻辱。最终，我发现要抹去母亲的压力和泪水简直是不可能的；这令我痛苦万分。我决定独自寻找解决办法。某个傍晚，太阳已经变成红色，埃奇沃思婶婶用令人极为震惊的方式笑了起来，我拿上一罐果酱和一只鱼钩出发了。我用歌声来吓退蝙蝠："噢莫德，快来花园吧，听听乌鸫的鸣叫[1]"。

我父亲不去教堂的时候就会唱起这首小曲，或是另一首："它花了我七先令六便士[2]"。他唱两首歌的时候心情是一样的。

"好了！"我对自己说，"旅程已经开始。夜晚一定会为我带来解决的办法。如果我数树一直数到我要去的地方，我就不会迷路。回来的时候，我会记得树的数量。"可我忘了，我只会数到十，而且还会数错。于是，在很短的时间里，我就从一到十数了好几次，彻底迷路了。树木从四面八方围绕着我。"我在一座树林里。"我对自己说，而且我说的没错。

满月照亮了树林。它让我能够看清几米之外

1　原文为英语。

2　同上。

是什么东西发出了令人不安的声响。那是两棵正在恶斗的卷心菜。它们十分激烈地撕扯着对方的叶子，不一会儿，到处都是被撕碎的菜叶，再也没有什么卷心菜了。"没关系，"我对自己说，"这只是一场噩梦。"可我突然想起来，我这天晚上并没有睡觉，所以这不可能是噩梦。"太可怕了。"

于是，我离开这些尸体，继续出发。在路上，我遇到了一个朋友。那是一匹马，多年后将会在我的生命里扮演重要的角色。

"哈喽，"它对我说，"您在找什么吗？"

我向它解释了我为什么要在这么深的夜里远行。

"显然，"它说，"从社会的角度来看，这很复杂。这附近住着两位女士，专门处理这类问题。她们的目标是消除家族耻辱；她们非常专业。如果您愿意，我带您过去。"

坎宁安-琼斯姐妹拥有一座隐蔽的房子，掩藏在一堆野生植物和来自另一个时代的衣物当中。她们正在花园里下跳棋。马把头弯到穿着一条十九世纪九十年代风格的长裤的马腿之间，向坎宁安-琼斯姐妹致敬。

"让您的朋友过来，"坐在右边的小姐用浓重的口音说道，"我们随时准备提供名誉维护方面的帮助。"

另一位小姐优雅地点了点头。她戴着一顶巨大的帽子，上面装饰着各种园艺标本。

"小姐，您的家族，"她让我坐在一把路易十五的椅子上，对我说，"它是属于我们亲爱的、令人追思的惠灵顿公爵一脉呢，还是属于最博学的、高贵的沃尔特·司各特爵士一脉？"

我有点不知所措。我的家族里没有贵族。她看出了我的犹豫，带着更加迷人的笑容说道：

"我亲爱的孩子，您要意识到，在这里，我们只处理英国最古老、最尊贵家族的事务。"

我灵光一闪，脸色亮了起来：

"在我们家的餐厅里……"

马从后面踢了我一脚。

"绝不要提起食物之类的粗俗话题。"他低声告诫我。幸好两位小姐有些耳背。我很快改口了。

"在我家客厅里，"我羞愧地继续说道，"有一张桌子，据说一七〇〇年有一位公爵夫人在那上面遗落了一副眼镜。"

"这种情况，"小姐说道，"事情就好办了；当然了，小姐，我们必须向您收取一笔略微昂贵的费用。"

我们谈妥了。两位小姐站起来说道：

"您在这里等几分钟，我们会给您需要的东西。在这段时间里，您可以看看这本书里的图片。这既有趣又有教益。没有这本书的书房是不完整的。我姐姐和我一直以此为榜样来生活。"

这本书名叫《高贵之花的秘密或食物的粗俗》。两位女士离开之后，马说：

"您能够不发出声响地走路吗？"

"当然。"我答道。

"那我们去看看两位小姐在做什么，"它说，"来吧，不过，如果您还想活命，就不要弄出任何动静。"

小姐们正在她们的菜园里。菜园位于房子后面，围着一堵厚厚的墙。我爬到马背上，眼前展现出令人吃惊的一幕。坎宁汉-琼斯姐妹都拿着一根巨大的鞭子，鞭打着所有的蔬菜，并且喊道：

"受苦才能上天堂。不穿束胸衣的人永远进不了天堂！"蔬菜们自己也打作一团，大棵的蔬菜把小棵的蔬菜扔向两位小姐，发出仇恨的叫喊。

"每次都会这样，"马小声说道，"蔬菜受苦是为了社会的福祉。等会儿您就看到了，她们会为您抓住一棵蔬菜，它将为了您的福祉而死。"

蔬菜们看上去并不热衷于光荣赴死。然而两位小姐是不可战胜的。很快，两根胡萝卜和一只西葫芦就落到了她们手里。

"快，"马说，"回到前面去。"

我们刚回到《食物的粗俗》面前坐下，两位小姐就和之前一样风姿绰约地走了进来。她们交给我一个装着蔬菜的篮子，作为回报，我把果酱和鱼钩给了她们。

1939 年

第七匹马

The Seventh Horse

他们经过时

当他们从那座山的山麓经过时，荆棘收起了自己的刺，像猫收起了爪子。

眼前是五十只黑猫和五十只黄猫还有她。无法确定她是不是人类。她的气味就足够令人怀疑，那是混合着香料、野兽、马厩和草本绒毛的味道。

在最崎岖的路上，在悬崖之间，在横穿树林的时候，她都骑在一个轮子上。从未骑着一个轮子旅行过的人会说这很困难，可是她习以为常。

她的名字叫弗吉尼娅·弗尔[1]，她有好几米长的头发，一双宽大的手，指甲很脏；不过山上的居民很尊敬她，从她这方面来看，她总是对那里的风

---

1   原文为"Virginia Fur"，姓氏"Fur"有"毛皮"之意。

俗习惯保持着某种尊重。没错,山上的居民净是些植物、动物和鸟,否则情况就不会是这样了。据说她常被辱骂,被相同的语言很大声地骂。她,弗吉尼娅·弗尔住在一座被人类废弃很久的村庄里。她的房子到处是洞,这些洞是她为了厨房里的无花果树而钻的。

除了放轮子的车库,其他所有房间都被猫占据着;一共有十四个房间。每天夜里,她都骑着轮子出去打猎;尽管动物们都尊敬她,可是山里的野兽不会轻易被杀死,所以她一周里有几天会吃走失的牧羊犬,有时候也吃一只绵羊或者一个小孩,但最后这道菜极其罕见,毕竟那里几乎没有人了。

那时是秋天,一天夜里,她非常惊讶地发现身后有一串脚步声,比动物的更加沉重;脚步很快。

人类的臭味飘进了她的鼻腔里;她用力骑着轮子:没有用。当跟踪者来到她身边时,她停了下来。

"我是圣亚历山大,"他说,"下来,弗吉尼娅·弗尔,我要和你说话。"

这个贸然以"你"相称的人会是谁呢?此外,

这个人穿着僧侣的衣服，身上脏得出奇。

猫全都轻蔑地和他保持着距离。

"我想要你加入教会，"他继续说道，"我希望赢得你的灵魂。"

"我的灵魂！"弗吉尼娅回应道，"我很早以前把它卖掉了，换了一公斤松露。你可以去问野猪尼亚姆[1]。"

他思考的时间和他那张绿色的脸一样长。终于，他带着一抹狡黠的微笑说道：

"我有一座漂亮的小教堂，离这里不远，位于……一个奇迹，而且无比舒适！我的朋友！每晚都有幽灵显形，你真该看看那座墓地，像梦境一样！那里可以放眼看到周围的群山，一直看到百来公里之外！跟我来，弗吉尼娅。"

他用爱抚般的声音继续说道：

"我在圣子的头顶上向你保证，你会在我的墓地里拥有一块很好的位置，就在圣母雕像旁边（相信我，那就是最好的位置）。我还会亲自为你操持

1　原文为"Igname"，在法语里可表示"山药"。

葬礼仪式。想想吧，由伟大的圣亚历山大举行的葬礼！"

猫群发出不耐烦的咕噜声，可是弗吉尼娅在思考。据说教堂里会有上好的餐具，有一些是金的，其他的可以随便取用。她用猫的语言提前知会了它们，然后对圣亚历山大说：

"先生，您说的东西在某种程度上吸引了我，但是中止打猎有违我的原则。如果我和您走，我就不得不在您那里吃晚饭，当然，还有这一百只猫！"

他不无忧虑地看着这一百只猫，然后点头表示接受。

"为了带领你走向真正的光明，"他低声说，"我将为你安排一个奇迹。你知道我是穷人，非常贫穷。我每周只吃一顿，而这一顿饭，我吃的是羊粪……"

猫群兴味索然地出发了。

距离圣亚历山大教堂还有一百多米，那里被他称为"我的苦修小花园"。那是一堆半埋在土里的可怜的东西：一些铁丝椅（我在它们烫得发白的时候坐进去，一直坐到它们重新变冷）；许多笑着的巨大的嘴，嘴里长满有毒的尖牙；混凝土衬衣，里面填满了蝎子和毒蛇；一些由上千只黑老鼠组成的坐垫，当幸运的屁股尚在别处时，这些老鼠就会互相啃咬。

圣亚历山大自豪地把花园里的东西一件一件指给我看。

"小特蕾莎修女没有想到过混凝土衬衣，"他说，"目前我没看到任何人想出这个主意；毕竟不可能人人都是天才。"

教堂入口处装饰着圣亚历山大在人生不同时期的雕像。那里也有几座耶稣像，可是小很多。教堂里面相当舒适：烟粉色天鹅绒坐垫、纯银的《圣经》、他自己写的以孔雀蓝珠宝装订的《我无暇的生活：圣亚历山大的灵魂玫瑰》。墙上的琥珀浮雕呈现了圣亚历山大童年时期的生活细节。

"休息吧。"圣亚历山大说。一百只猫坐在烟粉色坐垫上。

弗吉尼娅站在那里，好奇地打量着教堂；她闻到祭坛散发出一种有些熟悉的气味，却想不起来在哪里闻到过。

圣亚历山大走上布道台，说他将要创造一个奇迹。所有人都希望那个奇迹是食物。

圣亚历山大拿着一瓶水，往各处洒。

"纯洁的雪，从低处下起。真理之柱 / 仁慈的太阳 / 芬芳……等等。"

他一直持续着，直到祭坛上飘来一朵云，仿佛被牛奶环绕一般。很快，这朵云就幻化成一只眼神狡黠的肥羊。圣亚历山大立即发出一声高过一声的呼喊，羊被缓慢地移动到天花板上。

"上帝的羔羊，亲爱的小耶稣，请保佑那些可怜的罪人！"圣亚历山大吼道。

然而他的音调已经到达了极限，他破音了。羔羊变得无比肥硕，裂成四块落在了地上。这时，原本一动不动地观看着奇迹的猫群一跃而起，扑向羔羊。这是它们今天的第一顿饭。羔羊很快就被吃完了。圣亚历山大消失在一片烟尘里，只留下神圣的气味。

远处传来一个虚弱的声音：

"耶稣洒下了他的血，耶稣死了，圣亚历山大将会复仇。"

弗吉尼娅趁机往包里装满了被赐福的餐具，领着一百只猫离开了教堂。轮子穿过树林，快得呼呼作响。弗吉尼娅浓密的头发网住了许多蝙蝠和夜行的蝴蝶；她那双奇怪的手比画着，向野兽表明打猎已经结束，她张开嘴，一只失明的夜莺飞了进去；她吞下夜莺，用它的嗓音唱道："小耶稣死了，我们吃过晚饭了。"

弗吉尼娅家附近有一头野猪。它只有一只眼睛，长在额头中央，周围是一圈黑毛。它的屁股上长着浓密的红毛，背上长着坚硬的鬃毛。弗吉尼娅认识这头动物，她不杀它，因为它知道松露藏在哪儿。

野猪名叫尼亚姆，对自己的美丽很是得意。它喜欢用水果、树叶和植物来装饰自己；他把小动物和小昆虫做成项链。它杀死它们是为了变得优雅，毕竟它只吃松露。

　　每天夜里，当月亮闪耀着它的光辉，尼亚姆就会去湖边，欣赏自己在水中的倒影。某个夜晚，就在这里，就在尼亚姆洗月光浴的时候，它决定让弗吉尼娅当它的情人。它尤其喜欢她身上的水果味，还有她那头总能网罗到许多夜行小动物的长发。它认为她非常美丽，而且很可能是处女。它在泥地里奢侈地打滚，心里想着弗吉尼娅的魅力。"她有充分的理由接受我，我难道不是整座森林里最奇特的动物吗？"

　　它洗完月光泥巴浴，便起身去寻找最华丽的服饰，准备向弗吉尼娅求爱。

　　没有哪只动物或鸟像穿着求爱服装的尼亚姆这样光彩夺目。在它长满鬃毛的头上绑着一只年轻的夜鹰。这只长着毛茸茸的喙、眼睛里充满惊奇的鸟正拍打着翅膀，一刻不停地在那些只在满月出没的生物里寻找猎物。一顶由松鼠尾巴和水果做成的假发垂落在尼亚姆的耳朵周围，耳朵上戴着两只它在湖边找到的死掉的小梭鱼。它的蹄子被兔子血染成了红色，那只兔子是它飞奔时碾死的。它全身都披着一件从森林里偶然取得的紫红色的斗篷。尼亚姆想藏起它红色的屁股，因为它不想一下子暴露自己全部的美。

它缓慢地走着，看起来郑重其事；蚱蜢都钦羡得不再鸣叫。从一棵橡树下经过的时候，尼亚姆看见一颗悬挂在叶片间的念珠；它知道这颗念珠属于一具身体，它听见高处传来一阵尖锐的嘲笑声。

"在另一个场合里，"尼亚姆心想，"这个人又会用另一副嘴脸调笑。"它头也不回地继续赶路。

尼亚姆来到了弗吉尼娅家；她正蹲在一口锅前面，锅在火上颤抖，发出轻微的乐声。猫在厨房的上面、下面、各个角落里一动不动地待着。它们也看着那口锅。

弗吉尼娅一见到尼亚姆，就跳上了餐桌。

"您真是这座森林里最美丽奇特的生物！"她感叹着，被它的美迷住了。

尼亚姆的眼睛变得苍白而闪耀；夜鹰发出微弱的叫声，音调太高了，耳朵几乎听不到。尼亚姆走过去，它的红屁股坐在了炉火旁。

　　"您认得出我这身求爱的装扮吗？"尼亚姆认真地说，"弗吉尼娅，您知道我是为你而穿的吗？您知道夜鹰的爪子已经嵌入了我的头骨吗？都是为了您，我爱您。我见到夜晚便笑得合不拢嘴，因为我的身体闪耀着爱的光芒。回答我，弗吉尼娅，这个夜晚会属于我们吗？"

　　它停顿了，因为它的演讲词只准备到这儿。弗吉尼娅激动得发抖，朝火里吐了一大口唾沫，这是针对情话的魔法。她害怕尼亚姆的美。接着她又朝锅里吐了唾沫，随后她把滚烫的液体放到嘴边，一口吞了下去。她把头从锅里抬起来，发出野性的叫声；她一边围着尼亚姆跳，一边把头发连根拔起。尼亚姆站起来，两个人跳起了纵情恣意的舞蹈。猫也发了疯似的兴奋起来，挤在一起嚎叫，用爪子抓挠彼此的脖子。它们跳到尼亚姆和弗吉尼娅的身上，紧紧靠在一起，尼亚姆和弗吉尼娅便消失在猫的丘陵里。他们就在里面做了爱。

*

　　猎人们很少来山里；可是有一天早晨，弗吉尼娅·弗尔看见两个带枪的人类。她藏到一片荆棘丛里，那两个人类从她身边经过，没有留意到她的气味。她震惊于他们的呆滞以及笨拙的动作。她一路骂骂咧咧地回了家，准备提醒尼亚姆。可尼亚姆不在家。

　　她重新骑上轮子，带着一百只猫出发了。

　　在森林里，弗吉尼娅得知有几只动物死了。成群的鸟和野兽享用了丧葬餐。出于恐惧，它们一边填饱肚子，一边诅咒猎人。

　　弗吉尼娅寻找着自己的爱人。她既找不到它的痕迹，也找不到它的气味。

　　黎明将至，她从一只獾那里得知尼亚姆死了。和它一起死去的还有上千只鸟、四十只野兔和许多狍子。

　　獾坐在一节树枝上，讲述发生的事情：

　　"你注意到的那些猎人经过了圣亚历山大教堂。

圣亚历山大坐在它的苦行衣里；他看见他们来了；他高声祈祷。猎人们向他询问猎物的信息。

"我是上帝的牲畜们的保护者，"他回答道，"不过，我的教堂里有一个慈善捐款箱。如果你们往里放些东西，仁慈的上帝就有可能告诉你们，每晚都有一只大野猪出没的湖在哪里。"

猎人们往捐款箱里放了一些钱，圣亚历山大看到他们捐赠的数量之后，就把他们带到了湖边。

尼亚姆正专注地看着湖水里的倒影。猎人们向它开了枪，猎犬了结了尼亚姆的性命。随后，他们把尼亚姆装进一个大口袋里，说道：

"这个可以给格拉尼酒馆，至少能拿到一百法郎。"

弗吉尼娅带着猫一起回到家。在厨房里，她生下了七只小野猪。她满怀愁绪地留下了那只长得很像尼亚姆的猪崽。至于另外几只，她把它们煮了，由自己和猫当作丧葬餐吃掉。

轮子、猫和弗吉尼娅融入了森林和风中。他们纷乱的黑影以无可匹敌的速度经过了山的一侧。

他们大喊着什么。夜里的鸟回答道:"什么呀?圣弗朗索瓦?又是这个讨厌鬼!但愿有人杀了他;好吧,他竟然还没死?我们受够了他的蠢话。不是他?啊?哦!圣亚历山大,啊呀!!一样该死,这是个圣徒。"鸟群一边带着影子飞行,一边喊道:"该死!该死!"大地随即摇晃起来;所有的野兽都从洞穴里出来,喊道:"该死⋯⋯"

九万匹马跳了起来,冲破马厩和他们一起奔跑,蹄子拍打着地面,口中发出嘶鸣:"圣亚历山大该死,该死⋯⋯"

*

两位穿着黑衣的女士在雪地里散步。其中一位话很多;另一位看上去想要结束这场散步,但如果我们仔细看看她的脸,我们就会知道,无论在什么情况下,她都是两人当中最负责任的那个。说话的那个人拥有水晶般的嗓音,如果在一间铁路候车室里正好有人想睡觉,这种嗓音是很令人痛苦的。

"我丈夫，"她说，"非常爱我。您知道的，我丈夫非常有名！他很孩子气！他特别喜欢疯狂的事情！我给了我丈夫极大的自由，然而我生病了。我不久就要死了，也许是一个月后。"

"不，不，"另一位含糊地说道，"雪中的山景多么令人愉悦啊。"

话多的女士干涩地笑了笑。

"令人愉悦，可不是吗？但我只能看见那些在荒凉的村庄里受苦的可怜人。我感觉我的心胀得难受。"

她拍打着自己窄小的胸脯。另一位女士在想："那里容不下一颗心。她的胸过于窄小了。"道路突然变陡，在山的尽头出现一座修道院。

"真是适合死去的好地方啊！我觉得和焦虑微笑修道院的这些修女在一起，我感到十分纯净。在那儿，我知道我会重新赢回我丈夫的心。"

两个男人从坡上走下来。他们抬着一头漂亮野猪的尸体。

"我要买下这头野猪给修女们做礼物，"女士说，"我很大方的，您知道。我的丈夫常常抱怨我，说我把钱扔到大街上白白浪费。可是，如果能吃到这样的晚餐，修女们难道不会很高兴吗？我，您知道的，我吃得很少，我病得严重，我不久就要死了！"

她把钱付给猎人们，又指了指修道院。

"就在今晚，"她说，"无论如何，要送给那些修女。"

"她越来越糊涂了，"另一位心想，"不过我们就快到了。毕竟，职责就是职责。"

"我亲爱的小恩加丁，"她突然说，"抱抱我。您知道的，我一直都是个任性的小女孩，我多么需要一点点爱呀。"

恩加丁装作没有听见。她忧虑地看了看身后。对她来说，两个引人注意的、上了一定年纪的女士突然在雪地里拥抱，这实在有些可笑。何况她的职责也不包括这个；她的女伴有一股病人的气味，更让她想要远离，于是她走得更快了。

"您知道的，修女们已经在等我们了。您想赶上共同祝祷时间，不是吗？"

太阳被厚重的乌云遮蔽了，从两位女士身边经过了一群羊和一头牛。它们用露出凶光的眼睛威胁着两位女士。

"这些动物，它们让我害怕，它们看上去好邪恶！野兽的气味好重，我害怕这个气味。"

羊群仍然看着她们。

攀登越来越困难，对两位女士来说，岩石变成了令人不安的野兽。群山变得冷酷，充满威胁。从远处的雪地传来的轻柔响动中，似乎可以想象有一些马在奔跑。

她们敲响了修道院的大门，过了一会儿，当她们感到全身被寒冷穿透的时候，一个矮小的身影为她们打开了门。

"神父先生正在祷告，"她小声说，"修道院院长正跪着呢，你们到礼拜堂来。"

她们跟着她走进了走廊，最终来到了礼拜堂。神父刚刚祷告完毕。焦虑微笑修道院的院长艰难地站起来，满身的肥肉给她造成了不便。

"可怜的小女孩，"修女低声说道，"到客厅来吧。"

客厅是一个巨大的房间，里面摆放着各个时代被赐福的战利品的复制品。一走进来，高大的女人就像章鱼一样裹住了另一个女人。她们在一个漫长而油腻的吻中静止了一会儿。

然后，她们同时说话了。

"我打算死在你们的修道院里……"

"寄宿费是每个月五百法郎……"

"我病得很重，非常重……"

"还不包括大赦，会额外收一千法郎……"

"我亲爱的丈夫肯定会经常来看我……"

"食物方面，显然几乎不会多花什么钱……"

"我会从早到晚地祈祷，我的孩子。必须心系那些可怜人；我们这种圈子里的生活是非常……"

她们彼此都听得很清楚。

六点半，一口大钟为死者敲响，也宣告了晚餐的开始。晚餐保持着一种严格的静默。每个节庆日，首席修女伊格纳图斯会在修道院院长之后高声朗读。她敲响了一只小铃铛，当每个人的餐叉都装满食物的时候，她宣布：

"对我们来说，今晚是极为盛大的夜晚……因为伟大的圣亚历山大将在七点半来到礼拜堂和我们谈话。随后，我们会在大厅里用餐，庆祝这次会面。"

上百个修女的眼睛里都闪烁着喜悦，不知道令她们如此激动的是晚餐还是圣徒。

"现在，翻到《给孩子讲耶稣的生活》第十三卷第一千零九章。"

于是，每个人都继续她们平时的祈祷，这意味着被赐福的无聊和黑面包。当教堂里挤满了修女，管风琴开始演奏阴沉的圣歌，圣徒进来了，身后跟着五个小男孩和一阵风。

他跪了下来，有人开始唱歌。没有人能够否认，圣歌基本上是正常的，但它一点一点地加快了速度。修女们竭尽全力跟上节奏，可总有几个人慢了一点。效果有些滑稽。修道院院长感到很不舒服，尤其是当圣徒走上讲坛，六只大猫缓缓地跟在他身后时。

她开始冒汗，其他修女也一样。

"亲爱的兄弟姊妹，我远道而来，与你们分享上帝的箴言。"

祭坛上似乎充斥着猫。

"在被赐福的孤独中，生活的坚信、肉体的诱惑将不能损害你们分毫。"

教堂里似乎弥漫着一股浓烈的野性的气味，事实上，一只个头很大的獾悄悄地爬到了圣亚历山大的头上。没有人敢动。圣徒继续讲话，不时做出一些手势，仿佛想要驱赶什么。

"但是，"他大声说道，"要小心傲慢和思想上的罪恶。"

唱诗班吟唱的曲调已经完全不像一首圣歌了。圣亚历山大不得不大声叫喊才能被听见。

"上帝在你们每个人的灵魂里。"讲坛被尖叫的鸟群围住了。

"在你们最隐秘的思想里。"他继续讲着，直到猫群抓破了他的脸，他再也站不住了。

随后，他尽可能体面地走下讲坛，带领修女

们离开了。

一张巨大的餐桌在各种野味、蛋糕和酒瓶下面吱嘎作响。圣徒在上宾席坐好，向上帝请求吃饭的权利。上帝没有任何回应，这时所有人都落座了，每个人都胃口大开。修道院院长坐在圣徒右边，小声说道：

"大圣徒啊，但愿您精彩绝伦的演讲没有受到打扰。"

"打扰？"他用惊讶的语气答道，"怎么会有打扰？"他满脸抓痕的脸上流露出最强烈的惊诧。

"啊，没什么，没什么，"修女满脸通红地回答道，"教堂里有时候会飞进来几只苍蝇……"

"我对上帝说话的时候什么也注意不到，"寄宿的女士说道，"连苍蝇也发现不了。"

两位女士互相交换了充满挖苦的眼神。

"亲爱的女士，"圣徒回应道，"这是一种高贵的想法。您知道一首小诗吗？是我年轻时写的，开头如下：在里斯本／我是侯爵／在巴黎是教皇／而在上帝面前／我不过是一只／小老鼠。"

"这首诗既清新又有力！"女士欣喜若狂地喊道，"我太喜欢真正的诗歌了！"

"我还有别的，"圣徒谦虚地说，"我发现真正的诗歌太过稀少，所以我觉得必须为此贡献点什么。"

透过黏糊糊的余光，修道院院长看到六只大猫悄悄进入了房间。它们卷起尾巴坐在圣徒旁边。她微微弹起身，脸色比平时更灰暗，她说：

"您的丈夫呢？我亲爱的孩子，他一定非常忙吧，毕竟他这样频繁地留你独自一人！"

"我丈夫非常累，"女士吊起嗓子答道，"他要休息。"

"瞧瞧，瞧瞧，"另一位女士说，"也许是在蓝色海岸？记住，亲爱的，肉体的诱惑……如果我的配偶不是我们的上帝，而是我从这些可怜的罪人中挑选的一个人，我将无法放心地把他留在蓝色海岸。更何况，亲爱的孩子，我的第一段青春已经失去了春天。坦诚点吧。"

女士气得发抖，手指嵌进了面包里。

"我亲爱的小丈夫是爱我的，他会做傻事，可我们是天造地设的伴侣。"

"您的丈夫，"圣徒接过话茬儿，"似乎是一个引人瞩目的人？"

"您认识我丈夫？"

"似乎在离这儿不远的地方，有一位住宿在农民家里和您同姓的先生。他身材中等，眼睛明亮，虽然神态年轻，可是头发已经灰白。这位先生不是独行的……"最后一句话带来了一片沉寂。

"在哪里？"女士终于问道。接着她环顾四周，继续说："当然了，他总是会来我的小村庄休息；和他妹妹一起。我的村庄很秀丽，不是吗？"

"您的丈夫在佩里古家里。有两个女人。母亲和女儿。他们不去教会。他们的房子在一座临河的村庄里。那个村庄叫阿依洛。"

终于到了烤肉时间，所有人都盯着厨房的门。

"伊格纳图斯修女，请拿出一支铜制的小号，吹出一个忧郁的长音：'野猪！'"

门砰的一声打开了，一千匹马飞奔而入，森

林里所有的野兽紧随其后，大喊着"该死，该死"。在混乱中，隐约可见后面跟着一个模糊的人影，她坐在一只以无与伦比的速度转动着的轮子上。她同样大喊着"该死"。

1937—1940 年

文字由雅克琳娜·谢尼厄-让德龙整理

鸽子飞

"路上有人。有个人正往我家这边来，一个奇怪的人，尽管我只是远远地看到了他。"

我从阳台上探出身子，看见这个人影迅速变大，他正全速向我靠近。我觉得那是个女人，因为又长又直的头发垂落在马鬃上。那匹马很壮，骨架浑圆有力，马的颜色很怪，粉中带紫，是李子成熟后的颜色。这种颜色在英国叫作"roan"。只有马这种动物拥有这样的粉色。

骑马的人穿得有些邋遢，让我联想起高原上某只穿长袍的绵羊。不过，颜色倒是十分丰富，近乎华丽，在飘起的羊毛之间，能看到一件金色的衬衫。的确，如果凑近了看，这件衬衫破了洞，还有点脏，但还是令人印象深刻。

她停在我的阳台下面，从头发后面看着我。

"有封信，"她对我说，"需要立刻答复。"

她有一副男人的嗓音，我发现自己难以区分她的性别。

"您是谁？"我谨慎地问道。

"费尔迪南，塞勒斯坦·德·艾兰斯−德鲁[1] 的信使。"

这嗓音非常柔和，无可争辩来自一个男人；一股混合着向日葵、香草和汗液的香味飘进了我的鼻腔。我俯下身，从他手里接过信，趁机看了看他那张被头发遮住一半的脸。他的脸很白，嘴唇涂成了紫红色。他的马甩动着粗壮的脖子。

"女士，"信上写道，"愿您仁慈，愿您用伟大的仁慈见证我深沉的痛苦。您将会学到对你非常有益的东西。

"请将您本尊托付给我的信使，也将您的画布、

---

1 原文为"Célestin des Airlines-Drues"，"Airlines"在英语里指"航空公司"，"Drues"在法语里指"羽毛丰满"，因此"Airlines-Drues"也可以理解并翻译成"丰羽航空"。

画笔以及艺术家职业所需的所有东西都托付给他。

"我请求您，小姐，以深沉而痛苦的敬意来接受我的情感。

"塞勒斯坦·德·艾兰斯-德鲁。"

信纸散发着向日葵的香气，上面还装饰着好几个金色的王冠，王冠上插着羽毛、剑和橄榄枝。

我决定随费尔迪南去他的主人家，因为信中的承诺令我动心，尽管我完全不认识这个塞勒斯坦·德·艾兰斯-德鲁。

很快，我就坐到了费尔迪南身后宽阔的马屁股上。我的行李系在马鞍上。

我们向西出发，将穿越一片荒凉的区域，那里到处都是阴暗的密林。

正值春天。阴沉、灰暗的天空洒下温热的雨点。树木和田野一片浓绿。我时不时地就会睡着，好几次差点从马上摔下，还好我紧紧抓住了费尔迪南的羊毛长袍。他并不关心我，他在想别的事情，嘴里唱着《垂死玫瑰的叹息》。

它的花瓣在我胸口发冷，

热泪也无法令它回温，

在丝绒里，

在我的玫瑰那温柔的肌肤里，

噢，我的玫瑰！……

最后几句歌词完全唤醒了我，因为它们是用一种暴烈、野蛮的方式在我左耳边吼出来的。

"白痴！"我气愤地喊道。

费尔迪南平静地笑了笑。马停了。我们身处一个宽阔的院子，几百米外有一座大房子。这座房子由黑色的石头筑成，轮廓十分雄伟。它的外观阴森森的，让我瞬间萌生了想要回家的欲望。每个窗口都放下了百叶窗，烟囱里没有一丝炊烟，乌鸦在屋顶各处栖息。

院子和房子一样荒凉。

看上去，房子的另一边似乎有一座花园，因为我透过一道锻铁制成的大门，看见了许多树木和苍白的天空。这道门很奇怪，用锻铁表现出一个坐在圆环里的巨大的天使。天使把头向后仰起，一副恐慌的模样。在右边，圆环高处，一小注同样用锻铁制成的水流正流向天使。

"我们在哪儿？"我问道，"我们到了吗？"

"我们在艾兰斯-德鲁。"费尔迪南在一阵沉默后答道。

他看着房子，没有转过头来。我觉得他似乎在等待某个人、某个东西或某个事件。他一动不动。马非常安静地站着，和他一样注视着前方。

突然，钟声持续敲响。我从来没有听过这样的钟声，既低沉又有穿透力，像是一根骨头在敲打一只黄铜圆盘。回音环绕在我们周围，流淌在树林间，宛如一股金属般的液体。房顶上的鸦群飞散开来，不见了踪影。

我正要发问，一辆由四匹黑马拉着的马车从我们身边如影子一般飞过。马车停在大门口，我注意到这是一辆丧葬马车，上面奢华地装饰着雕像和鲜花。这些马和信使的马属于同一个品种：身形圆润，皮毛光滑，颜色是麝香葡萄似的黑色。

房子的大门开了，走出四个抬着棺材的人。

费尔迪南的马开始嘶鸣，那四匹黑马一边附和一边扭头看我们。

四个抬棺材的人穿得和费尔迪南差不多，唯一的不同在于他们的宽袍颜色暗沉，有紫色、黑色和猩红色，颜色都非常深。他们的脸很白，化着和费尔迪南一样的妆。他们的头发都又长又厚，乱七八糟，就像在阁楼上存放了很久的来自另一个时代的假发。

我还没来得及看清楚这一切，费尔迪南一鞭子抽在马身上，我们便沿着一条大路飞奔而去，身后是溅起的尘土与碎石。

这段旅程速度太快，我还没有机会看清周围的情况。但我隐约看见我们进入了一座森林。果然，费尔迪南在一块林间空地上停住了马。地上覆满苔藓和野花。在几米开外的地方摆着一张扶手椅，上面披盖着紫色和绿色的天鹅绒。

"请下马，小姐，"费尔迪南说，"带上您的画架去树荫下面。您口渴吗？"

我回答说我很乐意喝点东西。我从马背上滑下来。费尔迪南递给我一个瓶子，里面装着十分甘甜的液体。

"他们一会儿就到，"费尔迪南看着森林的暗处继续说，"太阳很快就要落山了。准备好您的画架，小姐，这里就是您画肖像的地方。"

在我忙着准备东西的时候，费尔迪南卸掉了马鞍和缰绳，然后躺在地上睡了；他的马趴在他旁边。

天空泛出红色、黄色和紫色，黄昏降临了。天开始下雨，硕大的雨点落在我身上和画布上。

"他们来了。"费尔迪南突然喊道。

空地上很快就站满了人。这些人蒙着面，多少有些像那些抬棺材的人。他们在我和扶手椅周围围成了一个足够大的圆圈。他们相互低语着，间或有人爆发出一阵尖厉的笑声。他们大概有四十多个人。

不一会儿，一个清晰响亮的声音从圆圈后面传来：

"像这样，居斯塔夫……不，不是的，我可怜的朋友，往左……"

"谁能想到她会这么重！"一个更低沉的声音回应道，"可她不胖啊。"

我环顾四周后产生了一种强烈的印象：我被一群奇怪的绵羊围住了，它们打扮成这样是为了一种阴暗的北欧仪式。那些笑声诡异得如同羊叫。

圆圈里的一部分人走开了，我先前见过的那四个人抬着棺材后退着走了进来。

一个又高又瘦的人跟着他们，用明亮的嗓音说：

"把它放在扶手椅旁边。盖毯已经喷过香水了吗？"

"是的，艾兰斯-德鲁先生，一切如您吩咐。"

我好奇地看着这位先生。他的脸被遮住了，但有一只非常白的手在他周围挥来挥去，姿态如同大象的鼻子。他戴着一顶巨大的黑色假发，僵硬的发丝一直垂到脚面上。

"艺术家，"他说，"她在吗？"

"是的，艾兰斯–德鲁先生，她在这儿。"

"啊！我看见她了。小姐，您赏光前来真是我们的荣幸！欢迎您……"

他走到我身边，拨开挡在脸前面的那些头发。千真万确，那是一张绵羊的脸，覆盖着一层柔软的白色皮肤。他的嘴唇很薄，是黑色的，很湿润……奇怪地颤动着。我有些抗拒地用自己的手握住他的手，因为他的手太光滑了，光滑得过分。

"我十分欣赏您的作品，"塞勒斯坦·德·艾兰斯–德鲁低声说道，"您认为您能达到一种非常精确的相似度吗？"他指了指棺材的方向，此刻，棺材被打开了。

两个人从里面抬出一具年轻女人的尸体。她很美，有一头浓密、丝滑的黑发，可是她的皮肤已经发出闪烁的磷光，隐隐透着紫红色。一股恶心的气味向我袭来。艾兰斯–德鲁先生见我屏住了呼吸，便露出迷人的微笑表达歉意。

"销毁我们所爱之人、倾心之人的尸骨，"他说，"这太难了……我相信您一定会为此而同情我的……我妻子两周前过世了，而现在的天气如此阴沉、潮湿……"

他说到一半停了下来，一只漂亮的手抬在半空中。

"好了，尊贵的小姐，请发发善心。我先不打扰您创作艺术了。"

我在调色盘上挤好颜料，开始描绘艾兰斯-德鲁夫人的肖像。

那些长得像羊的人在我周围玩起了"鸽子飞"的游戏。"鸽子，飞；绵羊，飞；天使，飞……"

黄昏无止境地延续着。夜幕似乎迫近了，却没有降临，林中空地上，昏暗的光线倒还足以让我继续画下去。我后来才发现，被四周这一圈树木围起来的光并非来自别处，正是来自艾兰斯-德鲁夫人的身体。树林陷入漆黑之中。我太专注于绘画了，不知从什么时候开始，就只剩下我独自面对那个死去的女人。

我对这幅画像很满意，后退了几步好观察它的全貌。画布上的人长着我的脸。

我不敢相信自己的眼睛；然而，当我焦急地看了看模特，又看了看画像，我无法否认这个事实。我越是观看那具尸体，那张白脸的相似度就越发惊人。在画布上，那张脸无疑就是我的脸。

"这种相似度超乎寻常，我赞美您，小姐……"

艾兰斯-德鲁先生的声音从我左肩后方传来。

"现在是正午，但我们在这片森林里察觉不到太阳。何况，艺术是一种魔法，能将几个小时甚至几天都化为几秒……难道不是吗，小姐？您觉得，您能否在没有模特的情况下完成这幅画像呢？我可怜的妻子，您知道的，已经过世二十一天了[1]。她一定在渴望那份她受之无愧的安息！……死后还要工作三周可不是常有的事。"

他挤出一抹微笑，好增加他的幽默感。

"我可以在艾兰斯-德鲁为您提供一间舒适、明亮的公寓。小姐，请允许我与您同乘我的车。"

我像梦游一般跟着那顶移动着的巨大的假发。

工作室是一个大房间，尽头有一个宽敞的阁

1　前面说已过世两周，与此处矛盾。原文如此。

楼。这个房间曾经极尽奢华，而现在，刺绣的丝绸帘子已经破了，落满了灰，精雕细刻的家具缺胳膊少腿，有些地方的镀金已经剥落。几个天鹅或人鱼形状的大画架散乱地立着，像是其他东西的骨架。蜘蛛结了许多网，令房间看起来仿佛凝固了。

"这是艾兰斯－德鲁夫人以前的工作室；她就是在这里过世的。"

我翻了翻她的衣柜。许多衣服、假发、旧鞋子乱七八糟地堆在一起。这些东西看着都像化装舞会的服饰，有几件让人联想起马戏团。

"她一定独自在她的工作室里乔装打扮了。据说夫人喜欢演戏。"

一本用绿丝绒装订的日记是我众多发现里尚且有趣的一个。扉页上装饰着她的名字，用一种非常仔细又莫名带有孩子气的字体刻写着："阿加特·德·艾兰斯－德鲁。请务必尊重这本书，因为它的内容不是为了被他人看见，只呈现给埃莱诺，阿加特·德·艾兰斯－德鲁"。

我开始阅读：

亲爱的埃莱诺，当你读到这本书时，会哭成什么样呢？我给它喷上了广藿香，这样你会更好地想起我。气味是回忆里最敏感的部分。你该哭成什么样啦！我倒是很高兴，我希望你流很多眼泪。

今天是我的生日，当然，也是你的。同龄是多么有趣啊！我多想见到你，可这对我来说是不可能的，所以我就在这里把一切告诉你……一切。（上帝啊！别让塞勒斯坦听到我说这话。）显然，婚姻是一件残酷的事情，而我呢！母亲在信中写道："我的宝贝，我编织了各种小物件给你……或者给你非常亲近的人。给一个必定会在你这里出现的小家伙……"噢，埃莱诺，我和塞勒斯坦生孩子就像我和我工作室里的一把椅子生孩子一样容易。听着！新婚之夜（！），我睡在一张挂着亮粉色帘子的大床上。半小时后，门开了，我看见一个身影：一个身披白色羽毛、长着天使翅膀的人。我对自己说："我肯定要死了，因为死亡天使来了。"

这个天使就是塞勒斯坦。

他突然把羽毛长袍脱下来扔在地上。他赤身

裸体。如果说那些羽毛是白色的，他的身体则白得致盲。我想他肯定是把发磷光的颜料涂在了身上，因为他像月亮一样耀眼。他穿着蓝底红条纹的长筒袜。

"我好看吗？"他问，"大家都说好看。"

我被迷住了，无法回答他。

"我亲爱的阿加特，"他看着自己在镜子里的模样，继续说道，"您不再住在乡野村夫的家里了……"（在这里，大家称我为"夫人"。）

他重新穿好羽毛和翅膀。突然，我觉得好冷，我的牙齿开始打战。现在，好好听我说，埃莱诺。我越是看着塞勒斯坦，越觉得他轻飘飘的，仿佛一片羽毛。他开始用一种奇怪的方式在房间里打转。他的双脚似乎渐渐脱离了地面……随后，他从门里滑进了走廊。我从床上起身赶到门边。塞勒斯坦走进了黑暗中……他的双脚不再接触地面了……我很确定我在说什么。他的翅膀缓缓挥动着……可是……

你现在知道我的婚姻是如何开始的了！

我有一周没再见到塞勒斯坦。而且我几乎见不到任何人，只有一个名叫加斯通的仆人。他给我带东西吃，那些食物总是甜的。我住在我的工作室里，我现在依然如此。我太难过了，埃莱诺，以至于我的身体都变得透明了，我流了不知多少眼泪。人有没有可能融化在水里，不留任何痕迹？我总是一个人，所以我和镜子里的形象建立了一种恋爱般的友谊……可是，埃莱诺……还有最糟糕的事情：最近我几乎看不清镜子里的自己了……是的，非常可怕，但这是真的。当我看着自己，我的脸就会变得模糊……而且……我猜想，不，我确定……我透过我的脸看见了房间里的物品。

此刻，我哭得太厉害了，我已经看不见我正在写字的这张纸了。

埃莱诺，我每天都会消失一点点……我从来没有这么喜欢自己的脸！我试图给自己画像，好把它保存在我身边，你明白的。可是……我做不到，我失败了。

然后还有另一件事：物品竟然变得清晰起来，

有了生命，比我更有生命力。你知道吗埃莱诺，我有多么害怕……听着，这里的椅子都很旧了，其他家具也一样。上周，我看见一个小小的绿芽从其中一把椅子上冒了出来……是春天里树上会萌发的那种嫩芽……而现在……太恐怖了……它长成了一片叶子……埃莱诺！

几天之后。

房间已经满了……所有家具都冒出了绿芽，有些长出了叶子，又小又脆弱，绿得十分温柔。布满灰尘的旧家具上长出如此鲜嫩的叶子，看上去很是可笑。

塞勒斯坦来过了，他什么也没发现，但他用十分光滑的手摸了摸我的脸……那只手过于光滑……他说："您永远都会是个孩子，阿加特。看着我，难道我不是惊人地年轻吗？"接着，他停下来开始笑。他笑得很大声。

"您一个人表演戏剧？"他问。

这不是真的，埃莱诺……我乔装打扮只是为了更加孤单……不再孤单……我到底要说什么呀！……

"阿加特，在你还是小孩的时候，有没有玩过'鸽子飞'？"

塞勒斯坦看着镜子，向我提出了这个奇怪的问题。我回答说，我小时候很喜欢玩这个游戏。

"那好，我们玩吧！"塞勒斯坦喊道。

房间里来了好多奇装异服的人，像绵羊……不过，埃莱诺，他们没穿衣服……他们的服饰不是别的，正是他们的毛发。他们都是化妆成妓女的男人。"上帝的羔羊。"塞勒斯坦说。

我们围坐在一张圆桌旁，突然，有二十几双手从头发里伸出来。我注意到他们的指甲都涂了油，可是非常脏。他们的手苍白、发灰。

这些都是瞬间的印象，毕竟我的眼里只看得见塞勒斯坦的手。我向你发誓，埃莱诺，他的手湿润得要滴出水来了……而且那么光滑，颜色也非常奇怪，像珍珠。他也在看自己的手，带着神秘的笑容。

"鸽子，飞！"他喊道，于是所有的手都像翅膀一样举到空中。我的手也举到了空中。

"绵羊，飞！……"塞勒斯坦又喊道。

那些手在桌上抖了一下，但都没有举起来。

"天使，飞……"

目前为止没有人弄错。

突然，塞勒斯坦的声音变得尖厉刺耳：

"塞勒斯坦……飞！"

埃莱诺，亲爱的埃莱诺，他的手……

到这里，阿加特的日记戛然而止。

我转头去看她的画像：画布上空空荡荡。我不敢在镜子里寻找我的脸。我知道我会看见什么；我的双手如此冰冷！……

1937—1940 年

文字由雅克琳娜·谢尼厄-让德龙整理

三个猎人

　　我在一座幽深的树林里休息。树木和野果已经成熟；现在是秋天。我正要入睡，突然，一个重物落在了我的肚子上。那是一只死兔子；血从它的嘴里流出来。它死于精疲力竭。我刚把兔子弄走，一个男人便跳到了我身边，动作比鹿还要敏捷。他中等身材，面色发红，唇边的小胡子又长又白。我猜他大概九十岁了。

　　"对于您的年纪来讲，"我说，"您算是相当敏捷了。"

　　我看了看他的着装。他穿着一身粉色的提尔人狩猎套装，戴着一顶装饰着橘色羽毛的亮绿色帽子，脚上是一双很长的靴子，上面点缀着夏季的花朵，没穿裤子。他饶有兴致地看着兔子。

"我走得很慢，好给这只可怜的小动物一个活下来的机会，"他说，"可它不会走路。之后，我会把这些兔子留给麦克弗拉纳冈。"

我想找点话来讨好他。

"我喜欢您的服装。"我带着讨人喜欢的笑容说道。

"哦，这个啊，"他回答，"具有一定审美品位的人会觉得它缺乏辨识度。但从运动的角度来说，我必须穿这样的颜色。如果动物看见我来了，它们就倒霉了。"

接着他换了副表情。

"你瓶子里装的是威士忌吗？"

"是的。"我说。

"噢，真的？"他问。

"是的，是的。"

"哦？"

他坐在我旁边，出神地看着我的瓶子。

"您刚刚说里面是威士忌？"

"一九〇〇年份的。"

"很好的年份,我的最爱。"

"我也是。"

"哦?"

"是的。"

我猜他也许是想喝一点。我拿给他。他接受了。

"我有一个非同一般的酒窖,"他说,"您有兴趣尝尝我的酒吗?"

"好啊。"我说。

"沿着左边这条小路一直走,笔直地穿过每个路口。就在走过第十八个路口后的第一座城堡。"

"可您不来吗?"

"我只能跳着走。"他答道,说着便一蹦一跳地消失在树林里了,每一跳都有五米高。

我也出发了,将近午夜才到达城堡。开门的是一个爬行的人。

"我哥哥麦克博洛冈从中午就开始等您了。我是麦克弗拉纳冈,森林恐怖者。麦克博洛冈是森林惊愕者，麦克胡里冈 [1] 是森林憎恶者。负责做饭的就是麦克胡里冈。"

我们走进一个长一百米宽五十米的房间。麦克博洛冈坐在餐桌边，面前摆着六打野兔、一百多只野鸭和十九头野猪。

"麦克胡里冈，"麦克博洛冈喊道，"可以开饭了。"

在一阵风声中，麦克胡里冈以闪电般的速度进入了房间，直到房间尽头才刹住了脚。他撞到了墙上，来到餐桌边的时候还在流血。他的兄弟们用某种悲伤的眼神看着他。

"他永远都不可能走得比这再慢了。"依然是四肢着地的麦克弗拉纳冈说道。麦克胡里冈比麦克博洛冈大十岁左右，和他的兄弟们一样感到深深的悲伤。吃饭的时候，他们在餐盘里落下了滚烫的泪水。

晚饭快结束的时候，麦克博洛冈说：

1　"麦克胡里冈"原文为"MacHooligan"，其中"hooligan"在英语中意为"小流氓"。

"麦克弗拉纳冈该刮胡子了。"

这是这顿饭期间说的第一句话。

一小时后，麦克弗拉纳冈说：

"为什么？"

两小时后，麦克博洛冈说：

"因为。"

麦克胡里冈什么也没说，因为他流了太多眼泪。

早上五点左右，麦克博洛冈说：

"我们大吃一顿怎么样？我需要放松一下。"

由于其他人总是不说话，他转身对我说：

"我有几个狩猎战利品，您想不想看看？"

穿过一条长廊，我们来到一个亮着很多灯的房间。里面只有香肠，水族箱里的香肠、笼子里的香肠、挂在墙上的香肠、放在华丽的玻璃盒子里的香肠。全是香肠。

我的脸上也许写满了惊讶，麦克博洛冈则看着他的那些香肠。

"这，"他对我说，"这是命运之手。"

我茫然地站在他身边。

"我们必须认识到，没有什么是永恒的。没有。"

他看着这片满是香肠的风景。

"说到底，没有什么比善良更强大。自从我的祖父安格斯·麦克弗吕[1]第一次领圣餐以来，这个家族就陷入了不幸。约克·麦克费什·麦克弗吕，我可怜的父亲只能用头走路。杰拉尔丁，我的母亲（她可是个圣徒！）只能用她的……好了，细节过于私人。"

他流下几行眼泪。

"好了，别多愁善感。从我祖父第一次领圣餐那天起，不幸就开始了。他当时只是个孩子，还没法应对这种场合，无法领会这神圣之日的深意。在领受上帝的前一夜，他吃了一盘白豆角。第二天，在教堂里……"麦克博洛冈犹豫了一会儿，接着说道："他发出了一些声音。"

他仍然看着一整个房间的香肠，我感觉他正在和内心的情感做斗争。

1　"麦克弗吕"原文为"MacFruit"，"fruit"在英文里是水果的意思。下文的"麦克费什"原文为"MacFish"，"fish"在英文里是鱼的意思。

"从那天起，上帝的审判就落在了我们头上。无论我们怎样保护狩猎的战利品，它们都会变成香肠。然后，我们……总之，你也看到了。"他伤心地转过身，我听见他跳了起来，声响逐渐消失在城堡里。

1937—1940 年

由洛朗斯·L.巴尔比耶编辑

西里尔·德·甘德尔先生

在一个阴沉而温暖的春日午后，西里尔·德·甘德尔先生优雅地躺在他那张冰川蓝的沙发上。他正在逗猫，动作像一条疲惫的蛇。尽管岁数不小了，德·甘德尔先生还是非常英俊。"他的脸像一朵得了白化病的兰花，"他的好朋友蒂博曾说，"他贪婪的发紫的嘴巴是一株有毒的羊耳蒜，形似月球上的昆虫，什么样的稀奇动物会拥有像他头发一样的皮毛呀？"德·甘德尔先生在他芬芳的宝座上叹了口气，他在想蒂博，这个人来喝茶，已迟到半个小时了。

花园绿得浓烈，令他遮住了自己的眼睛。

"你的眼神和花园一样让我疲倦，"他对猫说，

"闭上你的眼睛。"

他不知道蒂博已经悄悄地走进房间，还带了一束苔藓玫瑰。蒂博比西里尔·德·甘德尔年轻不少，金色的皮肤好似那种保存在陈年优质利口酒里的孩子的尸体。他穿着一件优雅的鳟鱼粉色的浴袍。他的脸藏在玫瑰花后面，因愤怒而发白。

"啊，蒂博，"西里尔用慵懒的嗓音说道，"你下午在做什么，让我等了这么久？你非常清楚我五点钟喝茶……况且，所有人都是在这个时间喝茶的。"

蒂博把玫瑰砸向猫，猫发出咕噜声，挠了西里尔的大腿，然后从那束花后面用邪恶的绿眼睛看着蒂博（猫都不喜欢蒂博）。

"另外，"西里尔把花从猫身上拿走，继续说，"我有一个重要项目想和你讨论……可是既然你更喜欢大自然而不是我的陪伴，我不知道是否应该和你分享我的想法……"

蒂博耸了耸肩。

"解释一下，"他回应道，"为什么花园里到处都是水仙女？……"

他愤怒地叫着。

"水仙女？"西里尔问道，"你在哪里看到水仙女了？"他搁在胸前蕾丝花边上的那只手颤抖了一下，但他紫色的嘴唇上露出一抹愉快的笑容。

"我在湖边看见一个小女孩，"蒂博突然说，"她是谁？"

西里尔闭上眼睛思考了几秒；他爱抚猫的手没有停下来。

"来一瓶香槟吧，小蒂博，然后我就解释给你听。"蒂博不情不愿地服从了他。

"首先，"等到手上有了一只倒满香槟的水晶酒杯，西里尔说道，"告诉我，这个小女孩漂亮吗？"

"我只是隐约看见了她，"蒂博带着迷失的眼神回答道，"你为什么会关心这个？"

"我的小蒂博，我关心这个，是因为这个小女孩很可能是我的一个近亲，甚至有可能是我的女儿。"蒂博叼着一根烟，嘴边露出痛苦的笑容，手指嵌进了他坐的那张椅子里。

"真的？"

"真的。二十年前，我一不小心遇上了一个女人，我娶了她。她非常叫人厌烦，是个游离于文明规范之外的人，惊人地粗枝大叶……我就和这样一个人生活在一起，在她家里。结婚六年之后，她怀孕了。在九月怀胎的那段时间里，她肥胖的体型快让我疯了；我的小蒂博，她女儿出生后，我不得不在床上躺了好几周。我经历了许多可怕的幻觉，相信我自己也怀孕了……全靠一个名叫王陀的中国人给我按摩，我才恢复了精神。"

"然后呢？"蒂博用平淡的声音问道。

"然后，"西里尔用嘴唇沾了沾香槟说道，"我相信我和一只人鱼发生了关系，她不断用她沉重而松弛的尾巴抚摸我，润湿了我当时穿着的粉色丝绒睡袍……"

蒂博用烦躁的动作制止了他。

"我不想知道你心理状况的细节，我想听听这段家庭恋情的后续……"

"我就要讲到了，"西里尔轻轻叹了口气，回答道，"我妻子的精神状态再也没有恢复正常……现在她待在一家非常舒适的疗养院里……奇怪的幻觉和令人遗憾的笨头脑折磨着她。我有十年没见过她。"

蒂博的脸笼罩在反感的表情中，他像一个醉酒的人那样摇摇晃晃。"迷人……迷人。"他用干燥的嘴唇低声说道。

"那……女儿呢？"

"我把她交给圣墓修道院的紫红修女照顾了。那些优秀的修女负责这个小女孩的道德教育和世俗教育。她名叫潘蒂尔德，是她母亲在一次异想天开之后给她取的。

"现在，我亲爱的小蒂博，你已经和我一样了解我的人生了。"

蒂博站起来，说他需要休息；他脸色十分苍白。

"潘蒂尔德，"西里尔·德·甘德尔喃喃道，"如果你很丑，我该怎么办？……我会让你静静地消失在祖母绿色的湖水里，因为我无法忍受丑陋。她该十四岁了，不讨人喜欢的年纪……只求她长得不像她的母亲。真是灾难啊，我该拿这个女儿怎么办？"

他叫来仆人。那是一个肥胖的年轻人，外形好像一只在香气四溢的肉汤里炖得刚刚好的肥亮的母鸡。他叫多米尼克，言谈举止像一个耶稣会教士。

"先生？"他小声应道，把垫子摆在西里尔的脑袋下面。

"多米尼克，我神圣的茂盛的植物，你在耶稣会做世俗修士的时候，有没有听说过圣墓修道院的紫红修女？"

多米尼克用奶白色的眼睛看着地面。

"先生，我听说神父时不时地会去修女们那里做弥撒和忏悔……"

"啊，他对她们有何评价呢？"

"服侍神父先生沐浴的教友科里奥朗告诉我，神父先生在圣墓修道院待了几天后就精力充沛。去修道院的前一夜，他会给自己喷上苦杏仁味的香水。

请允许我补充一点，神父先生很懂得品尝甜蜜的东西，或是人生里各种细微的欢愉。"

"多米尼克，请您为我准备玫瑰花浴……今晚我要用孔雀绿的粉底给自己化妆……然后，走进花园，找到我那在湖边玩耍的小女儿。"

尽管多米尼克对主人的话感到一丝意外，但他完全不露声色，低头退出了房间。

"准备好我的安哥拉兔毛长袍，"西里尔闭上了眼睛，补充道，"还有教皇的条纹长筒袜。"

西里尔·德·甘德尔梳妆打扮的最后一步，是在耳朵后面抹几滴罂粟精油。他满意地看着镜子里的映像。的确，他有一双精致漂亮的耳朵，如同小巧的天竺葵叶片。他靠向镜子，亲吻镜子里的嘴唇；唇印是紫红色的，像一只正在飞翔的鸟。

"珍贵的木乃伊，"他低声笑道，"谁知道呢！你会开心吗？"

他慢慢地走下大理石楼梯，猫跟在他身后，尾巴如羽毛般竖在空中。

潘蒂尔德就站在客厅中央。他们沉默地对视

着。西里尔看见一个十四岁的小女孩，穿着修道院小孩的衣服。她的裙子是用又黑又硬的呢料做的，领子是白色的。两条细长的腿上穿着厚厚的黑色羊毛袜。一顶草帽遮住了她的脸。她又长又黑的头发泛着蓝色的光泽，被整齐地编起来，再长几厘米就要碰到地面了。

沉默几秒之后，西里尔走向她，小心地摘下了她的帽子；他对她那反常的美貌感到困惑，她长得很像他。

"潘蒂尔德，"他终于说道，"你认识你的父亲吗？"

她茫然地看了他一眼，摇了摇头……

"不，先生，我不认识您。"

西里尔注意到，房间里有一股令人难受的熟悉的气味。他寻找着气味的源头，惊讶地发现那是一股氨水味，他曾经在马厩里闻到过，是马尿的味道。气味在女儿周围越来越浓。他想到了马，这是他从未有过的体验，他差点忘记了潘蒂尔德的存在。他感觉自己在房间里看到了好几匹马，它们走在他身边，用疯狂的大眼睛看着他。

"你在我家住了多久？"他花了很大的力气才问出这个问题。他仿佛看见潘蒂尔德的嘴边露出了一抹微笑，笑容转瞬即逝。

"我不知道，先生……我好像来这儿有一段时间了。我和神父先生学习，他每天都来。"

西里尔感到筋疲力尽，便躺到了沙发上。他点了一支牌子很稀罕的没药香味的烟。马的气味让他窒息。很快，他就睡着了，但还留有模糊的意识。他感觉潘蒂尔德坐在他的脑袋旁边，用孩子尖细的声音唱着：

爸爸别哭
总有一天我会买一个坐马车的娃娃！[1]

透过一片睡意，他看见潘蒂尔德从口袋里拿出了一个小壶。她把嘴唇浸到黏稠的黑色液体里，然后把脸凑到他的脸旁边。她的嘴唇像甲虫的背一

1　原文为英语。

样黝黑发亮。他感觉自己被控制了一般，不由自主地去品尝她的嘴唇。他张开嘴，向她靠近，但她笑着挪开了头。恐惧和渴望令他浑身颤抖。

"爸爸想要春天，"潘蒂尔德用嘲笑的语气说道，"爸爸想要春天，爸爸想要春天……"

她开始重复地哼唱着这句话……"爸爸想要春天……"

西里尔睡着了。

他在蒂博的注视下醒了过来。蒂博穿着一件紧身衣，像皮肤一样包裹着他的身体。那是用非常细腻的羊毛呢制成的，颜色像一只熟透的桃子，上面肆意地绣着各种颜色的线条，蜿蜿蜒蜒地爬满了身体。他的手上戴着深红色的毛皮手套。

"我的天啊……"西里尔见状说道，"已经是晚饭时间了？"

像往常一样，晚餐设置在种着垂柳的露台上。西里尔坐在蒂博对面，在罂粟花形状的铜桌的另一边。他沉浸在花园和厨房的香气里。他的眼睛里有倦意。多米尼克迈着天鹅绒般的步伐在桌边走来走去，端上各种精致的菜肴：一只又圆又肥的母鸡，鲜美得有些淫荡，配上一种由斑鸠的脑和肝、松露、甜杏仁碎、玫瑰花酱加上几滴好酒制成的馅料。这只鸡去毛后在蜂蜜里腌制了三天，却仍然活着，最终在蒸腾的广藿香雾气里窒息而死。它的肉绵密柔嫩，像一只极为新鲜的蘑菇。

冷冻芦笋慕斯和奶油牡蛎之后，是一组奇怪、多汁的蛋糕。所有蛋糕都是白色的，但形状各不相同，每个蛋糕都是动物园里的一种动物。西里尔和蒂博尝遍了这些食物，时而交谈，时而聆听一个打扮成天使的小男孩演奏的音乐。

蒂博谈起一套他打算制作的服装。

"那完全不是一套外出服，"他说，"更像是卧室里的私服……用于双人茶会……长裤用某种我不知道的动物的皮毛制作，它会是粉米色的，上面有颜色深一点的细条纹，在形态和材质上都让人想起波斯猫的短裤。衬衫最好是浅绿色的，如同垂死的翠鸟的羽毛，但它会有一半被盖在亮蓝色的外套下面，外套像鱼鳞一样闪亮……你觉得怎么样？"

"很可爱，"西里尔咬着一颗水果答道，"但我宁可做一件天鹅绒衬衫，绿调里带点赭石色，苔藓绿……"他突然停下，把手放在额前……在粉红色的石墙上，两匹马的影子正在激烈地打架。

这场无声的可怕战斗只持续了几秒，影子消失了，西里尔脸色苍白地转过头，看见身后站着一位神父。

"吉弗神父[1]先生。"多米尼克的声音说道。

吉弗神父的长袍被灰尘染成了灰色，由许多蛾子组成花边；他的下巴和剃光的头颅都是蓝色的，他有一张十分英俊的深色的脸，闪耀着奇异的光泽。当他靠近餐桌的灯光时，他的皮肤像月光照耀下的水一样发亮；西里尔注意到，这种光彩来自覆盖在他皮肤上的一层干燥的银色碎片；当神父伸出一只手时，他感到一阵恶心，可他无法拒绝。这只手像女人的手一样又长又细，干燥得如同蜕下的蛇皮。

"我亲爱的甘德尔先生，"神父柔声说道，"很

1　原文为"l'Abbé de Givres"，"givre"在法语里指"雾凇"。

高兴终于见到了你。"

他在他周围比画出一个圆圈。

"我的教会事务使我无法随我所愿地尽快认识你，但我很荣幸能在甘德尔小姐的教育上发挥一些用处。"

他坦率地笑了笑，搬了一张椅子坐到西里尔身边；他完全忽略了蒂博的存在，蒂博正用梦游般的目光注视着他。

"这阴沉沉的天气，"神父拿着一大块香草海葵蛋糕继续说道，"真叫人昏昏欲睡，不是吗，我亲爱的甘德尔？但你那精致的花园实在是花朵的摇篮，当我在您的杏仁树下散步时，经常遇到一只动物从我面前飞奔而过，逃入神秘的小路……"

"经常？您经常在我的花园里散步？"西里尔惊讶地问道，"恕我好奇，请问您从什么时候开始如此熟悉我的地盘？"

"经常！……"神父用激动的语调重复道，"我认识每一种花，每一株植物……每一棵树，您可以说，吉弗神父是最了解甘德尔花园的人。"他从怀里取出一根忍冬花枝，把它放在西里尔的鼻子底下，西里尔贪婪地闻了闻。

他紫色的嘴唇在接触到花朵的时候变得近乎发黑、湿润，他兰花般的脸因快感而变得松弛和苍白。蒂博一动不动，眼神却变得干涩而凶狠。他似乎看见新月从天空中降下，滑入垂柳的叶片之间，最终停在了神父的头上，月尖不断变大，刺进他的头颅，像一把小刀切开了蓝色的奶酪。神父的脸更加闪耀了。

这时，潘蒂尔德来到了花园，站在离这三个人稍远的地方。她用一种悲惨而阴沉的目光看着他们。西里尔知道她在那里，因为氨的气味已经进入了他的鼻腔，挥散不去。

"潘蒂尔德？"神父看着西里尔问道，"你在吗？"他毫不掩饰声音里的某种不安："你没有在月光下玩耍了吗？"

她转了转眼珠，像一匹被激怒的马一样露出了眼白，她用脚跺着地面。

"过来吧，"神父继续说道，"来和你的爸爸问好……"

蒂博浑身颤抖，用指甲刮着桌面。潘蒂尔德没有动，她一边用力地喘气，一边极其痛苦地看着神父。

"这气味，"西里尔用浑厚的声音说道，"我受不了！"

他想站起来，可是神父抓住了他的胳膊，笑了起来。

1937—1940 年

文字由雅克琳娜·谢尼厄-让德龙整理

悲伤消沉或阿拉贝尔

由于悲伤消沉，我游荡进群山深处。在那里，柏树长得十分尖利，简直可以当成武器，荆棘的刺比狮子的爪子还大。我来到一座长满藤蔓植物和奇花乱草的花园。透过一道大门，我看见一个小老太婆正在照料她那些杂乱的植物。她穿着紫红色的蕾丝衣服，戴着一顶另一个时代的大帽子。这顶用孔雀羽毛装饰的帽子歪斜地戴在她头上，浓密的头发向四面八方溢出。我暂时停止了忧伤的游荡，问这个矮小的老妇人讨一杯水喝，因为我渴了。

"您可以喝，"她一边对我说，一边往她的大耳朵后面戴上一朵花来扮俏，"到我的花园里来。"

她异常敏捷地跳过来，牵起了我的手。花园

里到处都是动物或怪物模样的旧雕塑，它们多少都有点破损。各种各样的植物随意地混杂在一起，长成一派茂盛的热带景象。小老太婆一会儿跳到左，一会儿跳到右，采了一些花，最后把它们围在我的脖子上。

"现在您打扮好了，"她一边说，一边歪着头看我，"我不喜欢别人不打扮就进来。就我个人而言，我在穿衣打扮上十分用心，甚至可以说我是花枝招展。"

她把脸藏在一只又脏又瘦的小手后面，透过指缝看着我。

"不错，对吧？"她低声说，"我这装扮非常纯真，没有人不这样认为。"

说这些话的时候，她把她的长裙提起了几厘米，露出了她那双穿着山羊皮小靴子的小脚。

"人们都说我有一双特别漂亮的脚，但我请求您，不要告诉任何人我给您看了……"

"夫人，我身上发生了数不清的不幸，我非常感谢您向我展示了我见过的最美的脚。您的双脚就像刀刃一样。"

她扑向我的脖子，亲吻了我好几下。最后，她严肃地说："我认为您是一个非常聪明的人，所以我邀请您在我这里住一天，您不会后悔的。"

我就这样认识了阿拉贝尔·佩加斯[1]。我永远不会忘记她黑色的眼睛和她的脚。她把我带到花园里的一面小湖边，邀请我喝湖里的水。这座湖被树木环抱，柳树将枝条垂入清澈的水中。阿拉贝尔看着她在水中的倒影。

"我在这里流了太多的眼泪，"她说，"我觉得自己拥有动人心弦的美。整整几个夜晚，我把自己的秀发浸到这湖水里，我一边清洗我的身体，一边对它说：'你就和月亮一样，你晶莹的皮肤比月辉更加闪亮。'这么做是为了让它开心，因为它十分嫉妒月亮。我会找一天晚上邀请您认识它。

我颤抖着看向湖水深处。一群孔雀缓慢地从湖对岸经过，我听见它们嘶哑的、魔鬼般的叫声。

"我总是穿孔雀蓝色的衣服，"阿拉贝尔继续

1　原文为"Arabelle Pégase"，"pégase"在法语里指神话中的飞马。

说道，"当然是用丝绸做的，上面到处都绣着眼睛。那些眼睛是为了看……猜猜它们在看什么……"

我摇摇头说："我猜不出。"她再次用手遮住了像小女孩一样羞红的脸。

"好吧……是我的身体，"她说，"它们从早到晚地看着它，它们很幸运，不是吗？"

我对这个问题感到茫然失措，无法回答。阿拉贝尔完全没有发现，继续说道：

"我会穿好多层衬裙，有深浅不一的蓝色和绿色……如果您看见我的裤子……此刻我穿着七条裤子，一条比一条好看。我是作为一位艺术家在和您说话，您懂的。仅仅作为艺术家。我有一条连衣裙完全是用猫头做成的。它非常漂亮。您瞧……在某个年代，那是相当时髦的。"

夜晚长长的蓝色阴影在我们周围越来越浓。阿拉贝尔的脸笼罩在一种雾气里，宛如某些夏日里的风景。从湖对岸的某处传来一声钟响。"该吃晚饭了，"阿拉贝尔突然抓住我的胳膊说，"而我还没有打扮好！快点，多米尼克又要训斥我了！"

她急匆匆地拖着我跑，嘴里滔滔不绝。

"我的小多米尼克太温柔了，可是又太神经质了！和这样敏感的人在一起必须十分小心。他祈祷了一整个下午，现在肯定饿了，我们要迟到了！上帝啊上帝！"

我们穿过被杂草和苔藓淹没的小路。突然，面前出现了一座房子。它处于一种异常混乱的状态。这是一座被雕塑和露台覆盖的大房子，那些雕塑和露台塌落了，一个压着一个，乱得令人惊愕。几棵野生的无花果树生长在墙缝里，数条葡萄藤从破碎的窗户里爬了出来。我推测房间里一定有丰富的植被。当阿拉贝尔打开我们面前的门，我们差点被一匹母马和它的小马驹撞翻在地上，它们身后还跟着一群喜鹊和鸽子。

"这是马尔特的错，"阿拉贝尔露出紧张的笑容解释道，"我昨天还叫他把门关好呢。在乡下，您想要什么……"

我们来到一个宽敞的大理石房间，它和房子外面一样破破烂烂，简直到处都长着果树。一张大餐桌摆在房间中央，是吃晚饭用的。

"请您在这里稍等片刻，我去换衣服，"阿拉贝尔说，"我不在的时候，请随意品尝酒和蛋糕。"

她留下我一个人，以及一大瓶红酒和各种各样的蛋糕。我喝了点酒，静静地看着四周，我突然发现我并不是一个人。有个年轻人站在我旁边，用充满敌意的眼神观察着我。他苍白的脸色让我简直无法相信他还活着。我想他应该是打扮成了神父的样子，他的衣服沾上了食物和各种各样的污渍，长发上覆盖着蜘蛛网和灰尘，许多小虫子在他的脸上爬来爬去。这幅骇人的景象令我不由自主地往后退。

"报上名来，"他画着十字说道，"我不喜欢这里有陌生人。况且我非常神经质，这对我的健康有害。"他为自己倒了一升葡萄酒，随后一饮而尽。

"我也不知道自己在这里做什么，"我回答道，"我的头很沉，没办法思考，但我不打算离开。"

"您现在不能离开，"他说，"还不是时候！"这时我非常困惑，因为我看见他的眼睛里流出了大量的泪水，一小股鼻血从一只鼻孔流到了嘴里。他没有用任何方式遮挡他的脸，而这张脸不过是一场令人反胃的闹剧。

"我很理解您，"多米尼克继续说（他说他叫多米尼克），"不要以为我不知道您在这座可怕的房子里有什么目的，我下午甚至在为您祈祷……"他停了一下，因痛苦而无法发出声音，然后接着说："我为您的灵魂痛哭流涕。"就在这时，阿拉贝尔·佩加斯出现了；这次的打扮极尽浮夸之能事。鸵鸟羽毛，蕾丝花边，珠宝首饰。一切都有点脏，还皱巴巴的。她走到多米尼克身边，凑在他耳边说：

"别责备我，多米尼克宝贝，我是为了您才打扮的。"

她似乎突然想起了我的存在，因为她立刻一脸羞愧地从神父身边走开了，并且说道：

"多米尼克是我的外孙[1]，一位母亲的心多么温柔哇！"说到这里，她摇了摇铃，一个女仆端着一

1　此处原文为"petit-fils"，下文中又说多米尼克是阿拉贝尔的"fils"（儿子），与此处矛盾，原文如此。

只烤孔雀进来了。孔雀全身还带着毛，嘴里叼着一颗石榴。许多烤制的鸟类和动物依次上桌，摆盘一道比一道浮夸。我们坐到餐桌旁，我不幸坐在多米尼克对面，完全没了胃口。他张开嘴吃东西，流个不停的鼻血就和食物混在了一起。他看上去很痛苦，眼泪止不住地落在盘子里。他察觉不到自己把食物放在了哪里，它们大部分都掉在了胸口上。阿拉贝尔看上去正在全神贯注地思考别的事情，顾不上和我说些无关痛痒的话。

"花园真美啊，"她说，"多米尼克宝贝，我只想和你一起去湖边散步。"多米尼克用非常恐惧的眼神看了看她，我还以为他就要昏倒了。

"我和我的儿子，我们在精神上非常亲密，"阿拉贝尔转过头对我说，"而且我们对诗歌很有感觉……对吗，小多米尼克，我的宝贝儿子？"

"是的，我心爱的妈妈。"多米尼克用颤抖的声音答道。

"你还记得在你小时候，我们一起玩耍，我和你一样是孩子！你记得吗，多米尼基诺？"

"是的，我亲爱的小妈妈。"

"我们一起度过了一个又一个美好的日子……你每天抱着我，你叫我妈咪，小姐姐，小可爱，小姐姐妈妈，你会用你的小奶音说：'你是小小鹅子[1]的宝贝钻石……'"

这些不知羞耻的话语令我非常尴尬，而且非常害怕，我很想离开，但我知道这不可能。

"当人只有一个儿子的时候，"阿拉贝尔继续说，"就会满心满眼都是他。"

然后，我们吃了甜点——和别的菜肴一样华丽——搭配各种利口酒。突然，透过蜡烛的光亮，我发现阿拉贝尔身边站着一个年轻女孩。她悄无声息地潜入。她美得令我着迷。她的黑裙子和她周围的阴影融为一体，让我觉得她仿佛没有躯体，光彩照人的脸就浮在空中。多米尼克看见这个年轻女孩，疯狂地颤抖起来，简直让人以为他的骨头就要散架了。阿拉贝尔一下子显得非常老。年轻女孩看着母

---

[1] 此处用了"petit-fifils"，"fifils"不是一个常规词，而是由"fils"演化而来，译者相应地做了特殊处理。

子俩，表情毫无变化。两个人都站了起来，我也盲目地跟随他们站了起来。接着，年轻女孩缓缓走向门口，所有人都跟在她后面。大家走进花园，来到始终一片死寂的湖边。我看见月亮倒映在水中，随后惊恐地发现天空中没有月亮。月亮沉在水里。

"露出您美丽的身体。"年轻女孩对阿拉贝尔说。多米尼克发出一声恐惧的尖叫，接着倒在了地上。阿拉贝尔开始脱衣服。很快，她身边有了一堆又奇特又肮脏的衣服，但她还在脱，发狂似的一直脱下去。终于，她一丝不挂了，她的身体只是一具骷髅。年轻女孩在胸前交叉着双臂，等待着。

"多米尼克，"她说，"你活着吗？"

"他活着。"母亲大喊道。

我仿佛在看一场表演了上百次的节目。

"我死了，"多米尼克说，"让我安息吧。"

"他是死的还是活的？"年轻女孩用洪亮的声音问道。

"活的。"母亲喊道。

"可是，他已经入土很久了。"年轻女孩说。

年迈的阿拉贝尔勃然大怒。

"过来，让我杀死你！"她咆哮道，"让我第一百二十次杀死你！"两个女人冲向对方，以一种异乎寻常的狂野架势扭打在一起。她们给了对方几记猛拳，这时两人也落入水中。

"月亮是永生不死的……"年轻女孩叫道，双手掐住老太婆的脖子，"你杀了它，但它不会像你儿子那样腐烂！"我看见老太婆奄奄一息，不久，她消失在水里，年轻女孩随后也消失了。多米尼克长叹了一口气，坍塌为一堆尘土。我独自站在没有光的夜里。

1937—1940 年

由亨利·帕里索编辑

姐妹

"德鲁西尔。"信上写道。

"德鲁西尔，我很快就会在你身边。我的爱已经随你去了。它拍打翅膀的速度快过我的身体。当我感觉自己离你遥远的时候，我不过是一只可怜的用稻草填充的鸟，因为你持有我的五脏六腑、我的心和我的思想。

"德鲁西尔，我亲吻来自地中海的风，因为它将吹向你……德鲁西尔，我的生命！你的声音比雷鸣更惊心，你的眼睛比闪电更勾魂。德鲁西尔，美妙的德鲁西尔，我爱你，我爱你，我爱你，坐在雨中的德鲁西尔，你那瘦长、冷酷的脸庞出现在这封信旁。"

雷声在她周围轰鸣，风吹动她潮湿的头发，拍打着她的脸。

暴风雨太可怕了，它把花朵从它们的茎上扯下来，扔进湍急的溪流，漂向未知的命运。花朵不是唯一的受害者：溪流也带走破碎的蝴蝶、果实、蜜蜂、小鸟。

德鲁西尔坐在她的花园里，在一切风雨的中心，她在笑。那是一种刺耳的、野蛮的笑声。信压在胸口。在她的脚上，两只蟾蜍叫出那单调的心声：德鲁西尔，我的贝尔扎明[1]，德鲁西尔，我的贝尔扎明。

突然，太阳撕破了云层，向潮湿得令人发抖的花园里注入金黄的、猛烈的热气。德鲁西尔像水中幽灵一样站起来，回到了她的房子里。

女仆恩加丁坐在地上，手里都是做晚饭要用的蔬菜。她用机灵的小眼睛看着女主人。

"准备好皇家套房，"德鲁西尔说，"国王今晚

1　原文为"Belzamine"，其发音类似"balsamine"，后者在法语里指"风仙花"。

要来这里。快点把香水喷到床单上。"

"我已经知道了，"恩加丁答道，"信曾经在我手上。"

德鲁西尔一脚踢在她的肚子上。

"起来，卑鄙的家伙。"

女仆痛得皱起了脸，她站起来。

"茉莉还是广藿香？"

"枕头上喷广藿香，床单上喷茉莉，紫红色盖被上喷麝香。把淡紫色浴袍和猩红色睡袍都放在床上。快点，不然我就给你一巴掌。"

在厨房里，巨大的蛋糕和馅饼从火焰里进又从炉子里出。到处堆满了用云雀做馅儿的石榴和蜜瓜；整头牛在烤肉用的铁钎上缓慢地转动；孔雀、山鸡、火鸡等着被烹饪。巨大的箱子里装满了美味的水果，堵住了每一条走道。

德鲁西尔漫步在这片食物森林里，在这里尝一口云雀，去那里吃一点蛋糕。

在地窖里，一只又一只老木桶里装满了血、蜂蜜和酒。大部分仆人都躺在地上，烂醉如泥。

德鲁西尔趁机在裙子下面藏了一瓶蜂蜜。她登上阁楼。房子的上层弥漫着深沉的寂静，旋转楼梯滋生着老鼠和蝙蝠。德鲁西尔最终来到一扇门前，用脖子上挂着的一把大钥匙打开了门。

"朱妮佩尔[1]，"她说，"你在吗？"

"和往常一样，"黑暗中有一个声音答道，"我动不了。"

"我给你带了点吃的。你今天好些了吗？"

"我的身体一直非常健康，姐姐。"

"你病了，我的小可怜。"德鲁西尔用恼怒的语气答道。

"今天是星期四，对吗？"

"是的，没错，今天是星期四。"

"那么，我有权要一支蜡烛，你有吗？"

德鲁西尔犹豫了片刻，勉强说道："是的，我给你带了一支。我对你很好。"

沉默。

德鲁西尔点燃蜡烛，照出一间没有窗的肮脏

1　原文为"Juniper"，在英语里有"桧柏"之意。

的小阁楼。在一根棍子上，靠近天花板的地方，坐着一个美得超凡脱俗的女人，她正用失明般的双眼看着烛光。她洁白、裸露的身体从肩膀到胸口都覆盖着羽毛。她白皙的双臂既不是翅膀，也不是胳膊。浓密的白发垂落在脸庞周围，脸颊的肌肤如大理石一般。

"你带了些什么吃的？"她跳到她栖息的木头上问。

一看到这个女人的动作，德鲁西尔砰的一声关上了身后的门。然而，朱妮佩尔贪婪的眼睛只看得见蜂蜜。

"这至少能管十天。"德鲁西尔说。

朱妮佩尔沉默地吃了一会儿。

"要喝的。"她终于说。

德鲁西尔递给她一杯水，朱妮佩尔摇了摇头。

"今天不喝这个。我要喝点红酒……"

德鲁西尔笑道：

"不行！上次你喝红酒的时候就咬了我。这对你来说太刺激了。水非常止渴。"

"红酒，"朱妮佩尔用单调的声音坚持说，"否则我就大叫。"

德鲁西尔迅速从胸口掏出一把刀，在她妹妹的喉咙前挥舞，她妹妹尖叫着跳上了栖木。那是孔雀的叫声。

过了一会儿，朱妮佩尔用被泪水抑制住的声音说道：

"我不想伤害你，我只想喝一小杯，就一小杯。我太渴了，实在太渴了。亲爱的德鲁西尔，我只要小小的一滴……然后，去看五分钟美丽的新月……没有人会看见我……没有人。我向你保证，我向你发誓。我会躺在屋顶上，我会看月亮。我哪儿也不去，一看完月亮我就会乖乖回来睡觉。"

德鲁西尔沉默地笑着。

"然后呢？你也许想让我把月亮摘下来照亮你的阁楼？听着，朱妮佩尔，你病了，病得很重……我只想你健康，如果你到屋顶上去，你会感冒，你会死的……"

"如果我今晚看不到月亮，我明天就会死！"

德鲁西尔愤怒地喊道：

"你能闭嘴吗？我为你做的事还不够多吗？"

两姐妹突然听到楼下传来汽车靠近的声音。仆人们开始大喊大叫，相互咒骂。

"我现在必须走了，"德鲁西尔颤抖着宣布，"你去睡觉。"

朱妮佩尔跳上了栖木：

"这是谁？"

"管好你自己的事。"德鲁西尔答道。

"老鼠，蝙蝠，蜘蛛……这些是我的事。"

"我给了你一些袜子去织。快织吧。"

朱妮佩尔举起她怪异的双臂，仿佛想要飞走。

"可我的手不是用来编织的。"

"那么，就用脚编织。"

德鲁西尔匆忙离开，甚至忘了锁门。

前任国王朱马尔[1]从他老旧的劳斯莱斯上下来。铁灰色的长胡须一直垂到绣着蝴蝶和皇家首字母的

1　原文为"Jumart"。在法国民间传说里，Jumart 是一种由马和牛（或驴和牛）杂交而生的生物。

绿色缎面衣服上。他尊贵的脑袋上戴着一顶巨大的金色假发，被玫瑰色的阴影笼罩。简直可以说这是甜美的瀑布。各种各样的花朵从假发的发丝间随意地生长出来，摇曳在风中。国王向德鲁西尔伸出双手：

"德鲁西尔，我的贝尔扎明！"

德鲁西尔激动得发颤。

"朱马尔！朱马尔！"

她又哭又笑地跌入他怀中。

"啊！德鲁西尔，你是如此美丽！我在梦里渴望你的香气和亲吻。"

他们在花园里散步，手挽着手。

"我破产了，"朱马尔叹息道，"我的财库都空了。"

德鲁西尔不禁得意地笑了。

"那你就留下来和我在一起！我受够了孤独。"

花园里沉重、浑浊的气氛被一声长长的尖叫划破了。德鲁西尔脸色惨白，喃喃道：

"哦不，这不可能……别这样……"

"怎么了，我的贝尔扎明？"

德鲁西尔仰起头，发出鬣狗的笑声：

"是天空。那些淡黄色的云好沉，我担心它们会落到我们的头上！另外，暴风雨天气让我偏头痛。"

"吻我，"国王温柔地低语道，"我会吃了你的偏头痛。"

他注意到，德鲁西尔的脸像一个幽灵，他感到害怕，于是拉起她的手，以确认她还活着。

"你的脸发绿，"他低声说，"你眼睛里有沉重的阴影！"

"那是树叶的阴影，"德鲁西尔答道，额前都冒汗了，"我是激动得累了，我可有三个月没见你了。"

突然，她猛地抓住他的胳膊。

"朱马尔，你爱我吗？发誓说你爱我……快发誓！"

"你再清楚不过了，"朱马尔惊讶地说，"你在担心什么，我的德鲁西尔？"

"你爱我胜过爱其他任何女人、任何生物？"

"是的，德鲁西尔。你呢？"

"啊！"德鲁西尔用颤抖的声音宣告，"你永远不会知道我有多爱你。我的爱比火焰更深邃、更痛苦。"

国王的注意力被别的东西吸引了，花园深处的树丛里有什么东西在动。他露出狂喜的表情，双眼发亮。

"你看见什么了？"德鲁西尔叫道，"你为什么用这种可怕的眼神看着那里？"

朱马尔突然回过神来，用梦游般的语气吐露了几个词。他看上去刚醒。

"花园真美啊，德鲁西尔。我行走在梦中。"

德鲁西尔感到窒息。她露出痛苦的笑容：

"也可能是噩梦……人们有时候分辨不清。我们回去吧，亲爱的朱马尔，太阳已经落山，晚餐很快就上桌了。我们会在露台上用餐，这样你就能欣赏到月亮升起的景象。今晚，月亮会比以往更加苍白，也更加美丽。我看着月光，就好像看见了你的胡须。"

朱马尔叹道：

"黄昏有魔力，令人神魂颠倒。在外面再待一会儿吧。花园沉浸在魔法里。不知道从这片紫红色的阴影里会钻出多么美丽的灵兽。"

德鲁西尔把手放到喉咙上。她的声音升起，像金属发出的响动：

"回家吧，我请求你。夜幕就要降临，我冷得发抖。"

"你的脸是一片绿色的叶子，只在新月的时候才会长出来。你的眼睛是两块石头，从土地深处的洞穴里捡来的。你的眼睛带来灾难。"

德鲁西尔的声音尖锐起来：

"你受了月亮的刺激。你疯了。你看到的都不是真的。把手给我，我带你回家。"

"啊哈，算了吧，"国王一边捻着胡须一边回答，"我们当中谁更疯？别说教了。即便我失去了土地和城堡，我却是最幸福的人。"

国王为这番深刻的思考而快乐，他摩挲着双

手跳出几个舞步。德鲁西尔看着树林，觉得挂在树叶间的一颗颗果实好似绞刑架上吊着的小小尸体。她看着天空，看见云层中漂浮着一个个溺水的人。她的眼里满是惊恐。

"我的头封存着我的思想，我的身体是一具棺材。"

她走在国王的身后，步伐缓慢，双手交叠在身前。

钟声宣告了晚餐的时刻。

恩加丁走出厨房。她端着一只用夜莺做馅儿的乳猪。她在一声叫喊中停了下来。在她面前，一个白色的骄傲的幽灵挡住了通道。

"恩加丁！"

"见鬼了。朱妮佩尔小姐！"

"恩加丁，你怎么这么红润！"

女仆往后退。幽灵扑过来。

"我刚从厨房里出来，"恩加丁说，"厨房里很热。"

"而我都是白的，全身都是白的。恩加丁，你知道为什么吗？你明白幽灵为什么会是这种白色吗？"

恩加丁哑口无言，摇了摇头。

"唉，好吧，因为我一直见不到光……现在我需要某件东西，亲爱的小恩加丁。"

"什么？什么？"女仆低声说。她抖得厉害，连乳猪都掉在了地上，盘子摔得粉碎。

"你这么红润……这么红润……"

听到这些话，恩加丁发出一声恐怖的长啸，像是汽笛的声音。朱妮佩尔立刻扑过来。两个人滚到地上，朱妮佩尔在上面，她的嘴紧紧贴住恩加丁的喉咙。

她在吸血，吸了好几分钟，她的身体变得巨大、明亮、熠熠生辉。她的羽毛闪闪发光，像阳光照耀下的白雪。她的尾翼光彩夺目，拥有彩虹的每一种颜色。她仰起头，如雄鸡般啼叫起来。随后，她把女仆的尸体藏进了某个柜子的抽屉里。

"现在，月亮！"她鸣叫着跃向空中，向露台飞去。"现在，月亮！"

德鲁西尔裸露着胸口，双臂绕住朱马尔的脖
子。红酒的热劲烘得她如火焰一般发烫，满身都是
晶莹的汗珠。她的头发像黑色的蝰蛇一样扭动着，
石榴汁从她微微张开的嘴里流下来。

肉、酒、蛋糕全被糟蹋了一半，在他们周围
随意而奢侈地铺开。大罐大罐的果酱洒在地上，在
他们脚边形成一片黏稠的湖。一个孔雀骨架装饰着
前国王朱马尔的头。他华丽的胡须里粘着酱汁、鱼
头和被碾碎的水果。他的长袍撕破了，上面布满各
种食物的污渍。

1939 年

由 H. P. 编辑

中性的人

尽管我一直承诺要为这段插曲保密，我终究还是把它写了下来。不过，考虑到某些名声显赫的异乡人的声誉，我不得不使用化名。这些化名不会掩盖任何人，毕竟，对住在热带国家的英国人的习性了如指掌的读者，将会毫不费力地辨别出所有人。我收到了一份请柬，邀请我出席一场化装舞会。我向来喜欢惊喜，在脸上厚厚地涂抹了一种荧光绿色的软膏，又在这层妆面上点缀了几颗细小的假钻石，不为别的，只为让我看上去像一片有星星的夜空。随后，情绪紧张的我被领上一辆公共汽车，汽车一直开到城镇郊外，在埃皮加斯特罗将军广场停下。广场中央矗立着一座宏伟的军人形象的马术半身像；艺术家化解了这座纪念雕塑自带的尴尬难题，在创作时采取了一种大胆而复古的俭省策略，仅仅为将军的马制作了绝妙的半身像。唐埃皮加斯特罗大元帅则留存于公众的想象之中。

埃皮加斯特罗将军广场的西面都被麦克弗罗利克[1]先生的城堡占据了。一名印度仆从领我进入一间巴洛克风格的会客大厅。我周围还有百来个客人。一种十足的压迫感终于让我意识到，我是唯一认真对待这份邀请的人：只有我化妆了。

"或许，"房主麦克弗罗利克先生对我说，"您在低调地模仿某位东方公主？一位国王的情人。那位国王受制于邦教种种阴暗的仪式，幸好那些仪式已经消失在遥远的古代。当着诸位女士的面，我恐怕不宜讲述绿公主的残酷事迹，我只能说，她的死迷雾重重，在遥远的东方仍然流传着不同的传说。一些人声称，公主的遗体被蜂群带走，保存在维纳斯之花的透明花蜜中。另一些人说，上了漆的棺材

1　原文为"MacFrolick"，"frolick"近似英语中的"frolic"，有"玩耍"的意思。

里装的不是公主的遗体，而是一只长着女人面孔的鹤；还有人认为，公主以母猪的模样还魂了。"麦克弗罗利克先生突然停下，严肃地看着我说："我言尽于此，女士，毕竟我们都是天主教徒。"

陷入困惑的我放弃了一切解释，低下头：我的脚被从额头流下的一摊冷汗浸湿了。麦克弗罗利克先生用平淡的眼神观察着我。他有一双浅蓝色的小眼睛，一只肥厚的鼻子，鼻头微翘。

很难不注意到，这位尊贵、虔诚、道德上无可挑剔的男士，活像一头大白猪的人类肖像。一大片胡须挂在他肥厚且微微后缩的下巴上。是的，麦克弗罗利克先生像一头猪，却是一头英俊的猪，一头虔诚且尊贵的猪。当这些危险的念头逐一从我发青的面孔下飘过，一个凯尔特人长相的青年拉起我的手，对我说：

"来吧，亲爱的女士，别心烦了；命中注定一般，我们都呈现出与牲畜界的相似性；您肯定意识到自己有马的一面，那么……那么您就别心烦了，我们星球上的一切都很混乱。您认识 D 先生吗？"

"不，"我茫然地说，"我不认识。"

"D……今晚就在这里，"青年继续说道，"他是一位魔法师，我是他的学生。瞧，他就在这里，就坐在一位穿紫色缎面服装的金发胖女郎旁边，您看见了吗？"

我看见一个气质十分中性的人，视觉上受到了猛烈的冲击，如同在一座火车站里看见一条拥有斯芬克斯面孔的鲑鱼。这个人物身上那种非同一般的中性感令人难受，我不禁踉跄地走向一把椅子。

"您想认识 D 吗？"青年问，"他是个很了不起的人。"我正要回答，一个看起来像太阳王的牧羊女的女人，带着极其严厉的目光抓住了我的肩膀，直接把我推进游戏室里。

"我们打桥牌三缺一，"她说，"显然，您会打桥牌。"我根本不会，但我被惊得说不出话来。我本想离开，可我太腼腆了，就推说自己只能玩毛毡做的牌，因为左手小拇指会过敏。房间外面，乐队一直在演奏一首我很讨厌的华尔兹，直到我鼓起勇气说我饿了。坐在我右边的一位高级教士从他富贵而滑稽的红袍里拿出了一块猪排。"拿着，我的孩子，"他对我说，"爱德将怜悯同等地倾注给猫、穷人和面色发青的女人。"这块猪排，它一定在这位教士的肚子附近躺了很久，激发不了我半点食欲，但我还是接了过来，打算把它埋到花园里。在室外拿出这块猪排的时候，我发现自己置身于被金星微微照亮的夜晚。我散步至一个不流动的水池，里面满是昏迷的蜜蜂，这时我见到了魔法师，那个中性的人。

"行了，人都要散步的，"他用一种很轻蔑的口吻对我说，"侨居国外的英国人都有一个共同点：烦人。"

我羞愧地承认我也是英国人，中性的人露出一丝讽刺的笑。"如果您是英国人，这不是您的错，"他说，"大不列颠岛民们先天的愚蠢与他们的血液完美相融，以至于他们自己毫无察觉。英国人的精神疾病已经化为肉体，或者说化为猪头肉冻。"我隐约感到恼火，回答说，英国常常下雨，但是这个国家产生了我们星球上最好的诗人。接着，为了转移话题，我说："我刚刚认识了您的一名学生，他告诉我您精通魔法。"

"的确，"中性的人说，"我是一名精神导师，或者您可以把我看作是宗教奥义的入门者。但那个可怜的男孩永远不会有什么成就的。要知道，我的小可怜，秘教之路艰辛，遍布灾祸。许多人被召唤，少数人被选中。建议您保持你们女人那可爱的愚蠢，忘记所有与事物上层规律相关的东西。"

就在中性的人对我说话的时候，我试图藏起猪排，它正在我的手指间滴着讨厌的肥油。我终于把它放进我的口袋里了。松了一口气后，我意识到，假如这个男人知道我散步的时候带着猪排，他将永远不会认真看待我。然而，我把这个中性的人视作瘟疫，还一心想给他留下好印象。

"我能否见识一下您的法术，或者跟您学习？迄今为止……"他做了一个傲慢的手势，直接打断了我的话。"什么也没有，"他对我说，"请尽量明白这一点，什么也没有，完全没有。"

这时，我感觉自己在一片不透明的、无色的、没有出口的物质里蒸发了。等我重新喘过气来，中性的人已经无影无踪。我想回家，可我迷失在这座香气沉沉的花园里，香气来自某种灌木，这里的人叫它"夜晚的气味"。我久久徘徊于小径之间，最后来到一座塔楼前，透过半开半掩的门，我看见一架旋转楼梯。有人在塔楼里喊我，我登上楼梯，心里想着，至此我也没有什么可以再失去的了。我的确太蠢了，没有像长着三角形牙齿的野兔那样逃走。我苦涩地想着："此时此刻，我比一个乞丐还要可怜，那些蜜蜂明明都警告过我了。现在我失去了一整年的蜂蜜和天空中的金星。"

在楼梯高处，我发现自己身处麦克弗罗利克先生的私人客厅里。他热情地接待了我，我不知道如何理解他态度上的变化。他以一种带有往日礼仪印记的姿态递给我一只瓷盘（相当精致），上面放着他自己的小胡子。我犹豫着是否要接受这条小胡子，心想他也许希望我把它吃掉。"这是个怪人。"我想。我连忙推辞道："非常感谢您，先生，可我已经不饿了，我享用了教士先生好心送给我的美味的猪排……"

麦克弗罗利克看上去有点受到冒犯。"女士,"他对我说,"这条小胡子是绝对不可食用的,它是这场夏日晚宴的纪念品,我冒昧希望您将它保存在某个专属的盒子里。我必须说明,这条小胡子没有任何魔力,但它可观的体积令它不同于那些普通的物品。"我意识到自己会错了意,便拿起小胡子,小心地放进我的口袋,它立刻和那块倒胃口的猪排黏在了一起。麦克弗罗利克随即把我推向沙发,身体重重地压在我的肚子上,用一种秘密的语气对我说:"绿色的女人,要知道,魔法有不同的种类:黑魔法、白魔法,还有最坏的一种,灰魔法。您必须知道,今晚在我们当中就有一个危险的灰魔法师,一个名叫 D 的人……这个人,这个花言巧语的灰魔法师,他是谋杀众多灵魂的凶手,这里面包括人类和其他生灵……好多次,D 越过城堡的围墙潜入进来,偷走我们至关重要的物资。"我实在难以掩饰一抹微笑,因为我和一个来自特兰西瓦尼亚的吸血鬼一起生活了很长时间,而我的继母,一个狼人,教会了我所有必要的烹饪秘诀，以便喂饱最凶残的吸血鬼。

麦克弗罗利克更用力地压住我，从齿缝里发出声音：

"我必须解决 D。不幸的是，教会禁止私人谋杀：所以我不得不请求您伸出援手。您是新教徒，对吗？"

"完全不是，"我回答道，"我不是基督徒，麦克弗罗利克先生。另外，我也不想杀 D。在我有一丝丝可能把他杀死之前，他已经能把我碾碎十次了。"

麦克弗罗利克的脸上转而露出怒意。

"那就请离开！"他吼道，"我这里不接待不信教的人。离开，女士！"

我以最快的速度走下楼梯，麦克弗罗利克则靠在门上，使用对一个虔诚的人来说过于丰富的词语辱骂着我。

这个故事没有明确的结局，我仅仅将它称为夏日事件。它没有结局，因为这个事件是真实的，里面的所有人物都还活着，遵循着他们各自的命运。所有人，除了那个教士，他不幸地溺死在城堡的泳池里。据说，他是被乔装成唱诗班孩子的美人鱼们引诱了。

麦克弗罗利克先生再也没有邀请我去城堡，但我确信他身体健康。

20 世纪 50 年代早期

由《超现实主义自身》编辑部编辑

白兔

是时候讲讲始于佩斯特街 40 号的那些事了。房子的外墙是发红的黑色,仿佛从伦敦大火中神秘地显露出来似的。我窗户对面的房子黑漆漆地空着,外墙上偶尔趴着一蔓植物,与遭遇过瘟疫又被火焰和烟雾舔舐过的住处没什么两样。这不是我想象中纽约的样子。

天气太热了,我冒险上街的时候都会心悸;于是我坐下来,观察对面的房子,偶尔去洗一洗我不停出汗的脸。

佩斯特街的光线一直不算充足。街上总像是弥漫着烟雾,朦朦胧胧的,能见度低得恼人。但我还是可以仔细乃至精确地研究对面的房子。何况我的视力一直很好。

几天以来，我一直在观察对面的房子里是否有动静，但什么也没发现。最后我终于可以在打开的窗户前自在地脱衣服，并乐观地在佩斯特街浑浊的空气中做呼吸练习。这必定让我的肺黑得像这些房子一样。

一天下午，我洗了头，坐在被我当作阳台的一块小小的月牙形石头上，晾干头发。我的头悬在双膝间，看着一只丽蝇在我两脚之间吸吮一只蜘蛛的尸体。我抬起头，从长发间看到天上有黑色的东西掠过，如果是飞机，这种安静可不是好兆头。我撩开头发，正好看到对面房子的阳台上飞落一只大渡鸦。它站在栏杆上，似乎在看向空荡荡的窗内。接着，它把头埋进翅膀里，显然是在捉虱子。几分钟后，我愕然地看到双扇窗被打开，一个女人走上阳台。她端着满满一大盘骨头，全部倒在地上。渡鸦感激地尖叫一声，跳下栏杆，在并不美味的一餐间挑来拣去。

那个女人留着黑色长发，她用自己的头发清

理了餐盘，然后直直看向我，友好地笑笑。我回以微笑，挥了挥手中的毛巾。这似乎鼓舞了她，因为她卖弄风情般地甩甩头，像女王一样优雅地向我回礼。

"你家正好有不需要的腐肉吗？"她喊道。

"有什么？"我回答，不确定自己是不是听错了。

"有臭了的肉吗？腐烂的肉？"

"现在没有。"我答道，怀疑她在开玩笑。

"周末会有吗？如果有的话，你要是能送过来，我会很感激的。"

随后，她走进空荡荡的窗户，不见了。渡鸦也飞走了。

第二天，出于对房子和房主的好奇，我去买了一大块肉。我在阳台上垫了一张报纸，把肉放上去，等待它腐烂。没过多久，腐肉的气味就浓到我必须用回形针夹住鼻子才能进行日常活动。偶尔我会下楼去街上透透气。

快到周四晚上的时候，我注意到肉变色了。我轰走一群恶意满满的丽蝇，把肉铲进梳妆袋里，向对面的房子走去。下楼的时候，我注意到房东太太似乎在躲着我。

我费了点工夫才找到对面房子的前门，它藏在层层叠叠的各种东西下面，仿佛已经好多年没人进出过了。门铃是老式的拉铃，我拉得比预想中用力，直接把它扯了下来。我懊恼地推推门，门却整个向里陷去，一股可怕的腐肉味扑面而来。门厅里几乎一片漆黑，似乎是用雕花木工手艺建成的。

女人窸窸窣窣地走下楼梯，手里举着火把。

"你还好吧？你还好吧？"她礼貌地咕哝着。我惊讶地注意到，她穿着一条漂亮的绿色旧丝绸裙。她走近时，我才看到她皮肤惨白，但闪闪发亮，上面仿佛点缀着上千颗小星星。

"你真是太好了，"她继续说，用她闪亮的手挽住我的胳膊，"我可怜的小兔子们会很开心的。"

我们爬上楼梯，她走得小心翼翼，让我觉得她在害怕什么。

最上面几级楼梯通往一间装饰着深色巴洛克家具和红色长绒地毯的闺房。地板上遍布啃过的骨头和动物的头骨。

"我们很少有客人来,"女人笑着说,"所以兔子都藏进它们的小角落里了。"

她吹了一声低沉而悦耳的口哨。我看到大约一百只雪白的兔子从各个角落小心翼翼地冒出来,它们粉色的大眼睛一眨不眨地盯着那个女人。我愣在原地。

"过来,小宝贝们!过来,小宝贝们!"她轻声叫着,猛然将手伸进我的梳妆袋里,扯出一把腐肉。

我怀着深深的厌恶退到角落,看着她把腐肉扔进兔子群中,它们像狼一样争抢。

"你总会喜欢上它们的,"女人继续说,"每一只都有自己的特点。兔子的个性可独特了,你根本没法想象。"

她提到的兔子们正在用锋利的门牙撕咬着肉。

"当然了,偶尔我们也会吃兔子。每周六晚上,我丈夫都会做一顿美味的炖兔肉。"

角落里的动静吸引了我的注意,这时我才意

识到，房间里还有第三个人。女人手中的火把照亮了他的脸，我看到他的皮肤也一样闪闪发光，像是圣诞树上的金箔。他穿着红色的袍子，僵硬地坐着，侧脸朝向我们。他似乎完全没有注意到我们的存在，也不理会那只坐在他膝盖上咀嚼肉块的大白兔。

女人随着我的视线看过去，笑了起来。"那是我丈夫，孩子们以前总叫他拉撒路[1]——"

听到这熟悉的名字，他转向我们，我看到他眼睛上缠着绷带。

"埃塞尔？"他用非常单薄的声音问，"我不希望有客人来。你明知我坚决反对这种事。"

"好了，拉撒路，别说了，"她的声音很悲伤，"别因为有人陪我而生气。我已经二十多年没见过新面孔了。何况她还给兔子们带了肉呢。"

她转向我，示意我走到她身边。"你想和我们待在一起，对吧，亲爱的？"我突然被恐惧攫住，只想跑出去，远离这两个可怕的亮闪闪的人和这群

1　拉撒路（Lazarus）原本是《圣经》中的人物，跟耶稣一样也经历了奇迹般的复活。

吃肉的兔子。

"我觉得我该走了，晚饭时间到了——"

椅子上的男人发出一阵尖厉的笑声，吓跑了他膝盖上的兔子。它跳向地板，消失不见了。

女人把脸凑到我面前，她难闻的呼吸似乎要将我麻醉。"你难道不想留下来，变成我们这样的人吗？只用七年时间，你的皮肤就会像星星一样；只要短短七年时间，你就会患上《圣经》里的圣病——麻风病！"

我跌跌撞撞地向外跑去，惊魂未定。跑到前门时，渎神般的好奇心让我回头望了一眼；我看到她正隔着栏杆冲我挥手。她挥手时，手指纷纷落地，就像流星一样。

1941 年

等待

两位老太太正在街上打架，像一对生气的黑龙虾一样掐在一起。一两个夜猫子赞赏地看着她们。

没人知道争吵的起因是什么。

对街的年轻女子也看到了这场争执，但她更关心楼上的窗户，正一扇扇暗下来。现在是睡觉的时候了，随着每盏灯熄灭，夜更长了。

人们已经不再盯着她看，她在那里站得太久了。她就像一个大家熟悉的幽灵，但打扮得很奇怪：衣服太长，头发太乱，仿佛溺水后勉强被救出来的样子。稍早些时候，有人经过她时加快了脚步，眼神望向别处，因为一只长着翅膀的生物紧贴在她嘴边，她却一动不动。

此时，那生物已经飞走了，忙于它神秘的事务，只在她嘴边留下一丝略显污浊的红色痕迹。

她很好奇，街上的人为什么不跳舞，为什么不随着她脑海中单调的节奏跳舞。那节奏高亢又危险，组成了美妙的音乐。

一个身材高挑的女人从街角大步走来，在她附近停下。女人牵着两条金毛大狗，狗毛的颜色和她头发的发色一模一样，就好像她头上也趴着一条狗似的。

两条狗很兴奋，把她拉到年轻女子面前。

"你在干什么？"金发女人问，"已经很晚了……"

她弯下腰，似乎是在和狗说话。

"它们已经跳了几个小时的舞了，你知道的，就是这两条猎狗……是它们把我带到这儿来的。"

"我在等费尔南多。"

"你没有眼泪了吗？"

"是的，再也没有了，"年轻女子承认，"虽然我试着掐自己的胸部，想着死亡，但没什么用。于是我出来站在这儿。"

金发女人从手臂上取下一块羊皮，裹在另一只胳膊上。"来吧，"她说，"你必须获得自由。自由地杀戮，自由地尖叫，自由地扯掉他的头发，自由地逃离，只为能笑着回来。"

"他的头发又长又直，几乎是蓝色的，算是蓝灰色，我很喜欢。"

她重新陷入痴迷的沉默。

"小心点，我会扇你一耳光……"金发女人烦躁地回应。

"只有你放过血，用手指蘸过，又享受过血的滋味后，你才能够爱一个人。"

她们被金毛大狗拉着走，偶尔弯弯绕绕地穿过街道，走到另一处迷人的恶臭之地。

"我的名字，"金发女人说，"叫伊丽莎白……一个美妙的名字，非常适合我。"

"玛格丽特，"年轻女子悲伤地说，"是我的名字。玛格丽特。"

"玛格丽特，很悦耳的名字。"伊丽莎白说。她胜利般的大笑让两条狗往前一蹿。

"别动！"伊丽莎白大叫，"别动……不过，它们在小事上都听我的，虽然我总是在其他事情上被牵着走。它们引导我，我绝对信任它们。"

她们被拉进一个小广场，点缀着树木和优雅的带窗房屋。两条狗径直走向 7 号楼房。他们走进房子，爬上颇为昏暗的大理石楼梯，爬呀爬呀，一直爬到最上面的楼梯平台，最后从一扇蓝色小门进入袖珍的门厅，里面堆满了色彩鲜艳但相当肮脏的衣物。他们的到来激起了一群大飞蛾，它们原本在更为老旧的毛皮大衣中安然饱餐着。

八音盒正在某处播放一首年代久远的歌。

"过往，"伊丽莎白边说边取下狗绳，"讨喜的鲜活过往。人们不得不沉溺，只是沉溺其中。用常识洗刷掉自己的鬼魂的人，怎么可能出众呢？"

她凶狠地转向玛格丽特，直接笑了起来。

"你相信，"她继续说，"过往会死去吗？"

"是的，"玛格丽特说，"当然会，如果当下割断过往的喉咙。"

"那双苍白的小手，割不了任何人的喉咙。"

伊丽莎白大笑起来，笑到在房间里打转。

"费尔南多多大了？"她突然问，"比你大吗？"

"是的，"玛格丽特回答，看上去不太舒服，"费尔南多四十三岁。"

"四十三，那你们相差七岁呢……很美好的数字。"

狗在丝绸和皮草间滚来滚去，一副安逸的样子。

伊丽莎白将玛格丽特拉进厨房。长时间没用的灶台上杂乱地放着各色厨具，或是半盛着看起来像是绿色食物的东西。然而玛格丽特注意到，那绿色是生长着的蓬松真菌。地上的大部分餐具上也覆盖着同样的羽毛状赘生物。

"我们刚吃过晚饭，"伊丽莎白说，"我总是做太多饭菜……可我不喜欢吃饭，我只爱吃盛宴上的大餐。"

她仔细查看了最近的盘子后，用一把勺子往里蘸了蘸……

"那天它掉进了厕所。"她解释道。"当时我在洗漱。你饿了吗？"她问。

玛格丽特说她不饿。

"那么来吧……"伊丽莎白说，"咱们聊聊。"

八音盒又开始播放，玛格丽特记得这首歌的调子，因为费尔南多一直很讨厌它。他曾经说，让他听这首歌，还不如让他把热油灌进耳膜。歌名叫《我总是会回来的》。

第三个房间是卧室，深草莓色的墙壁上留有岁月的痕迹。这里也许比厨房和门厅更乱，床上皱巴巴的，似乎还残留着做爱的余温。

伊丽莎白微笑着站在门口，看着床；接着，她弯腰捡起一只缎子鞋，扔向房间另一边。两只老鼠从皱巴巴的被单下钻出来，像没有腿似的，以让女人恐惧的速度迅速爬下床单。玛格丽特高声尖叫。

"这里有太多的爱，连老鼠都回来了，"伊丽莎白说，"爱就像钟表的嘀嗒声，你得仔细听才能听到。而一旦听到，就再也挥之不去了。"

"对，"玛格丽特说，"是的，没错。"

她的手湿湿的，于是不停地在裙子上擦拭。两条狗坐在床尾附近，听她们聊天。

"我总在耳朵里塞着棉絮，"伊丽莎白继续说，"不然，外界的声音会让我分心。我只是人，和它们不一样……"她看向两条狗。

"我亲自给他剪脚指甲。而且我了解他的每一寸肌肤，还知道他头发和皮肤的味道有什么区别。"

"谁?"玛格丽特轻声问，"不是费尔南多吧?"

"当然是费尔南多，"伊丽莎白回答，"除了费尔南多，还能是谁?"

1941 年

第七匹马

一只长相怪异的生物正在黑莓丛里上蹦下跳。她的长发被枝条紧紧缠住，让她进退两难。她边骂边跳，直到鲜血从她身上流下。

"我不喜欢那东西的样子。"两位女士打算去游览玫瑰园，其中一位说道。

"可能是个年轻女人……但是……"

"这是我的花园。"另一位女士回答，她干瘦得像根棍子。"我绝对不允许有人闯入。我猜是我那愚蠢、可怜的丈夫放她进来的吧。他就像个小孩儿似的，你也知道。"

"我已经在这里好多年了，"那生物愤怒地叫道，"可你太蠢了，蠢到从来都看不到我。"

"还很无礼,"第一位开口说话的女士(人们叫她默特尔小姐)说,"你最好还是把园丁叫来吧,米尔德丽德。我觉得靠这么近可不安全。这东西似乎完全不懂礼貌。"

赫瓦莉诺愤怒地扯着自己的头发,仿佛想对米尔德丽德和她的同伴下手。两位女士转身要走,临走前还与赫瓦莉诺恶狠狠地对视了好一会儿。

园丁来解救赫瓦莉诺的时候,春天的傍晚正在变长。

"约翰,"赫瓦莉诺躺在草地上说,"你能数到七吗?你知道吗,我可以恨上七千七百万年不停歇。告诉那些可怜的人,他们注定要完蛋。"她慢慢走回她住的马厩,边走边嘀咕:"七千七,七千七。"

花园里的某些地方,所有花草树木都交缠在一起。即便在最炎热的日子里,这些地方也笼罩在一片蓝色树荫中。废弃的雕像上长满青苔,喷泉早已荒废,还有被扯掉头颅的破旧玩具。除了赫瓦莉诺,没有生物会光顾这里。她跪下吃低矮的草,观察一只从不离开自己影子的迷人的鸟。白天,鸟看着影子从自己身边滑过；月亮升起后，鸟让影子从自己身上掠过。他总是坐在那里，张着毛茸茸的嘴，任凭蛾子和小昆虫飞进飞出。

赫瓦莉诺被灌木丛缠住的当晚，她去看鸟儿进食。六匹马陪着她。他们默默地围着那只胖鸟转了七圈。

"谁在那儿？"鸟儿终于啼啭着开口问道。

"是我，赫瓦莉诺，还有我的六匹马。"

"你们的脚步和喘息让我没法睡觉，"他的回答带着悲伤，"如果我睡不着，就既看不到过去，也看不到未来。如果你们不离开，不让我睡觉，我就会逐渐消瘦。"

"他们要来杀了你，"赫瓦莉诺说，"你最好保持清醒。我听人说，他们要给你塞上欧芹和洋葱，把你涂上一层热油烤熟，然后吃掉你。"

胖鸟向赫瓦莉诺投去忧虑的目光，赫瓦莉诺紧盯着他。

"你怎么知道的？"鸟儿喘着气问，"快告诉我。"

"你太胖了，根本飞不起来，"赫瓦莉诺不依不饶地继续说，"就算你想飞，也不过是胖蛤蟆跳死亡之舞罢了。"

"你怎么知道的？"鸟儿尖叫道，"他们不可能知道我在哪儿。我已经在这里生活了七十七年。"

"他们还不知道……暂时不知道而已。"赫瓦莉诺把自己的脸凑近他大张的鸟喙。她向后缩起嘴唇，鸟儿能看到她长长的狼牙。

他胖墩墩的身子抖得像块果冻。

"你想要我做什么？"

赫瓦莉诺扯出一个狰狞的笑容。"啊，这就对了。"她和六匹马围着鸟儿转了一圈，用突出的眼睛无情地注视着他。

"我想知道此刻房子里正在发生的事，"她说，"快点。"鸟儿向周围投去惊恐的目光，但马儿们已在他周围卧下。他无处可逃。他的羽毛被汗水打湿，紧紧地贴在他的肥肚腩上。

"我不能说，"他终于开口，声音从嗓子眼儿里挤出来，"如果我把我能看到的事情说出来，厄运就会降临到我们身上。"

"涂上热油烤着吃。"赫瓦莉诺说。

"你疯了，为什么非要知道与你无关的事情啊……！"

"我等着呢。"赫瓦莉诺说。鸟儿痉挛了好长一阵。他的眼睛已经凸出来，什么也看不到，但他还是把视线移向东方。

"他们在吃饭。"他最终开口。一只巨大的黑蛾子从他嘴里飞出来。

"饭菜是为三个人准备的。米尔德丽德和她丈夫已经开始喝汤了。她正怀疑地盯着他。'我今天在花园里发现了让我不愉快的东西。'她说着，放下手中的勺子。我觉得她应该不会再吃东西了。

"'发现了什么？'他问，'你怎么看上去这么生气？'

"默特尔小姐刚才进屋了。她逐一打量夫妻俩，似乎想猜他们正在讨论的内容，因为她说：'没错，真的，菲利普，我觉得你应该多注意一下，你都让些什么人进了花园。'

"'你在说什么啊？'他生气地问，'我都不知

道你在说什么，要怎么注意呢？'

"'花园里有一只丑八怪，半裸着身子，被灌木缠住了。我看到都得移开视线。'

"'所以你们把那动物放走了吧？'

"'当然没有。反正她已经被困在那里了。我看到她脸上那残忍的表情，觉得她会严重地伤害我们。'

"'什么！你们就让那可怜的东西困在灌木丛里？米尔德丽德，有时候你让我觉得恶心。我受够了你在村子里到处游荡，用你的宗教祷文去叨扰那些可怜人。而你今天在自己的花园里遇到一个可怜的东西，除了虚情假意地抖抖身子，什么也没做。'

"米尔德丽德一声惊呼，用一块有些脏污的手帕捂住脸。'菲利普，我可是你的妻子，你为什么要对我说这么残忍的话？'

"菲利普一脸无可奈何的恼怒，问道：'试着描述一下这个生物的样子，它到底是只动物还是个女人？'

"'我不想再说了,'妻子啜泣着,'你对我说了那番话,我现在头好晕。'

"'你得当心点,'默特尔小姐轻声说,'她现在的状况很脆弱!'

"'状况很脆弱是什么意思?'菲利普愤愤地问,'你们就不能有话直说吗?'

"'怎么?你肯定已经知道了,'默特尔小姐假笑着,'你快要当爸爸了……'菲利普气得脸色煞白。'我受够你们这些愚蠢的谎言了。米尔德丽德是不可能怀孕的,她已经整整五年没有临幸过我的床了。除非我们家有圣灵,不然我真不知道她怎么怀孕。米尔德丽德的忠贞已经到了令人无法忍受的地步,我也无法想象她会委身于任何人。'

"'米尔德丽德,是真的吗?'默特尔小姐问,她的声音因甜美的期待而微微颤抖。米尔德丽德尖叫着抽泣道:'他骗人。三个月后,我就会有一个可爱的小宝宝了。'

"菲利普扔下勺子和餐巾,站起身来。'我会回楼上吃完晚饭,这已经是七天里的第七次了。'他

161

说。但他突然停下，就好像他刚刚说的话触发了某段记忆。他摇摇头，忘掉这个插曲。'我只希望你不要跟在我后面发牢骚。'他对妻子说，随后离开房间。她尖叫起来：'菲利普，我亲爱的丈夫，回来喝完你的汤吧，我保证不会再添乱了。'

"'来不及了，'菲利普的声音从楼梯上传来，'已经来不及了。'

"他慢慢走到顶楼，眼神落在前方很远的地方。他紧绷着脸，似乎努力倾听着远方的声音在噩梦和死寂的现实之间喋喋不休。他来到阁楼，坐在一只旧箱子上。我觉得箱子里装满了旧蕾丝、褶边短裤和裙子，可它们又破又旧；一只黑蛾子在其中饱餐，而菲利普就坐在那儿，盯着窗户。他打量着壁炉架上的一只毛绒刺猬，它看上去饱受折磨。阁楼的气氛似乎让菲利普感到窒息；他猛然打开窗户，长长地……"

鸟儿在此停顿，一声凄长的嘶鸣声响彻夜空。六匹马猛地站起身来，用它们刺耳的叫声回应。赫瓦莉诺愣住了，她向后缩起嘴唇，鼻孔颤抖。"菲利普，马儿们的朋友……"六匹马向马厩飞奔而去，仿佛在服从古老的召唤。赫瓦莉诺颤抖着叹息了一声，也跟上去，头发在身后飘荡。

他们到达时，菲利普就在马厩门口。他的脸色光彩照人，苍白如雪。马群跑过时，他数出了七匹马。他抓住第七匹马的鬃毛，跳到她背上。母马飞奔而起，仿佛她的心脏要爆炸了似的。在这整段时间里，菲利普陷入一种欣喜若狂的爱意。他觉得自己已长在了这匹美丽的黑色母马的背上，与之合二为一了。

黎明时，所有的马都回到了马厩。满脸皱纹的小马夫正在擦去夜间结下的汗渍和泥块。他小心翼翼地为马匹擦拭身体，沟壑纵横的脸上露出睿智的微笑。他似乎没有注意到，他的主人正独自站在一个空荡荡的马厩隔间里。但他知道主人就在那儿。

"我有几匹马？"菲利普终于开口。

"六匹，先生。"小马夫回答，止不住笑意。

那晚，米尔德丽德的尸体出现在马厩附近。人们会认为她是被马踩死的……可"马儿们明明都像羊羔一样温顺",小马夫说。如果米尔德丽德真的怀孕了,她被放入一口体面的黑棺中时,没有人发现任何迹象。但也没有人能解释,为什么第七个空马厩隔间里,会出现一匹畸形的小马驹。

1941 年

我的法兰绒内裤

成千上万人见过我的法兰绒内裤，我知道这听起来有点轻佻，但并非如此。我是个圣人。

我可以说，"圣人"这个称号是强加在我身上的。如果有人不想当圣人，就应该立刻读完这篇故事。

我住在一座岛上。这座岛是我出狱后，政府赠送给我的。它不是一座荒岛，而是位于繁忙大街中间的交通岛。机车从四面八方隆隆驶过，日夜不停。

所以……

人人都知道我的法兰绒内裤。中午，我把它们挂在红绿灯的电缆上。我每天都清洗内裤，而且要在太阳下晾干。

除了法兰绒内裤，我还穿一件男款高尔夫粗花呢夹克。夹克是别人送我的，运动鞋也是。不穿袜子。很多人因我不加修饰的外表而躲避我，但假如他们听说过我（主要是从《旅行指南》上），就会来朝拜，这倒是很容易。

我现在必须回顾让我陷入如此境况的种种奇异事件。我曾经是个大美人，参加各种鸡尾酒会、颁奖典礼、艺术展演会，以及其他并无益处的聚会，这些活动的目的是让一部分人浪费另一部分人的时间。我总是很受欢迎，我迷人的面孔悬置于时装之上，保持着微笑。然而，在时髦的服饰下，跳动着一颗热忱的心；正是这颗热忱的心，就像打开的水龙头，为任何前来问津的人放出大量热水。这个消耗的过程很快就给我动人的笑颜带来伤害。我的牙齿脱落了。面孔的原始结构变得模糊不清，随后开始从骨架上剥离，形成越来越多的小褶皱。我坐着目睹整个过程，心里既有些许虚荣，又很是抑郁。

我本以为自己已经有了牢固稳定的心轮[1]，置身于敏感的蒸汽云中。

假如我碰巧对着镜子里自己的面孔笑一下，就能客观地观察到我只剩下三颗牙齿，并且已经开始龋损。

所以

我去看了牙医。他不仅治好了我仅剩的三颗牙，还给了我一副假牙。假牙巧妙地安放在粉红色的塑料底盘上。我从日益减少的财产里支付了一大笔钱，假牙就属于我了。我把它带回家，塞进嘴里。

面孔似乎恢复了一部分难以抗拒的吸引力，不过褶皱当然还没有消失。我就像一条饥饿的鳟鱼，从心轮中升腾而起，被所有悬在曾经美丽的面孔中的尖钩紧紧挂住。

在我自己、我的面孔和我清晰的知觉之间，形成了一层薄薄的磁雾。以下是我在磁雾里看到的：

1　在印度瑜伽理论中，心轮（lunar plexus）是人体七大脉轮中的第四轮。

"好吧，好吧。我真的开始在那老旧的心轮中变得僵化了。这个美丽的、微笑的、牙齿齐全的生物，一定就是我。从前，我像木乃伊化的胎儿一般坐在深色的血流中，没有一丝爱意。如今，我回到了丰富多彩的世界，又有了急促的心跳，在外溢的情感泳池里（美妙又温暖）跳上跳下，游泳的人越多越快乐。我将得到滋养。"

所有这些灾难性的念头在磁雾中繁殖，反射。我踏进去，戴着我的面孔，重拾过去的神秘笑容，而在从前，这笑容总会变臭脸。

一被困住就完蛋。

带着恐怖的笑容，我回到面孔的丛林中，其中的每副面孔都贪婪地试图吞噬对方。

我应该解释一下在这种丛林中发生的事情。每副面孔都长着或大或小的嘴巴，武装着不同种类的牙齿，有些牙齿甚至是天然的。（凡是超过四十岁而没有牙齿的人，应该足够知趣地悄悄编织一副原生态的新身体，而不是浪费宇宙羊毛。）这些牙齿阻挡着通往喉咙的通道，而喉咙会把吞咽下去的任何东西都吐回恶臭的大气之中。

悬挂这些面孔的身体，起着压舱物的作用。通常，身体会被当下"时尚"的颜色和形状精心覆盖。另一张对金钱和恶名声贪得无厌的面孔，提出一种具有吞噬性的想法，这便是"时尚"。身体总是处于痛苦和哀求之中，却时常被忽略，只被用作辅助面孔移动的工具。正如我所说的，身体只是压舱物罢了。

然而，一旦我龇出新牙，就意识到出了问题。在短暂地展露神秘微笑之后，那微笑就变得生硬而僵化，面孔则从其"骨质停泊处"滑落，让我不得不拼命抓着一张柔软的灰色面具，盖住几乎没有生气的躯体。

这件事的奇怪之处现在开始展现出来。丛林里的面孔，没有从我已确切知道的悲惨景象惊恐地往后退缩，而是接近我，开始向我乞求一些我认为自己没有的东西。

我疑惑不解，于是去请教我的朋友，一个希腊人。

他说："它们觉得你已经编织出了完整的脸和躯体，并且认为你一直都有用不完的宇宙羊毛。就算不是这样，你知道有羊毛存在这件事，就会让它们下定决心要偷走羊毛。"

"我几乎已经浪费了全部毛料，"我告诉他，"如果有人偷走我的羊毛，我就会死掉，彻底解体。"

"三维生命，"希腊人说，"是由态度组成的。基于那些面孔的态度，它们希望你有足够的羊毛，于是，你就在三维中被逼成了'圣人'。这意味着你必须要编织自己的身体，并教会其他面孔编织它们的身体。"

希腊人怜悯的话语让我充满恐惧。我也是一张面孔。当我用那把结实的钢伞袭击一名警察时，我突然意识到，这是退出社交性吞噬面孔竞赛的最快方式。我很快就被关进监狱，在那里，我花了几个月的时间练习有益健康的冥想，并强迫性地锻炼身体。

我在狱中的模范表现让女狱长感动万分，因此她对我极为慷慨。就这样，政府在新教公墓的偏

僻角落里举办了一场小型庆典，然后将这座岛屿赠
予了我。

所以，我现在就住在岛上，各种大小的机械
制品从每一个可以想象的方向呼啸而过，甚至连我
头顶都不放过。

我坐在这里。

20 世纪 50 年代

我母亲是头牛

我们是谦虚的一家，我母亲是头牛。或者说，我母亲是个长着牛脸的信徒。她是谁？她是否在信徒的伪装下有另一番生活？面具下的面具下的……我又能说什么呢？我们问她，你是谁？她笑了，但也接受了某种供奉。我们了解她的人称她为"圣者"，但我们是极少数。

我们的小圣殿是空的，只放着我母亲长着角的脸。我们每个人都献上供奉。供奉会以小真理、大真理、中真理的形式回馈给人类，当然也常有谎言和欺骗，一切都取决于我们用它们做什么。最初的供品极为怪异：眼泪和蜂蜜、尖叫和烟草、燃烧的树脂、巧克力、白夜。

还有红赭石、白色涂料和烟灰。

不过，我的目的是讲述我曾如何去质问她，她又是如何回答的。事情的经过如下。

多年来，我一直是如今被称为"守望者"的那批人的俘虏。这些伟大的催眠师不崇拜任何神，拥有强大的魔力和饕餮的胃口。他们以痛苦为生，在选择受害者时却十分谨慎。他们能激发同情，自己却自私狭隘。他们拥有无限的知识，却毫无理解能力，这让他们手握绝对集中的仇恨。

所以，

我被抓住时，他们叫我"罪"，却忘了"罪"是他们曾经谋杀的一位女神的名字。

有时候我记得，有时候我遗忘。我承受着巨大的痛苦。

这种痛苦能为他们造出一种特殊的食物，我却误以为是一种维生素。我以为，如果我给予他们的足够多，他们就不会再拨弄我的心轮，就会满足于此，也许甚至会更富有？

当然，事实并非如此。我的病情逐渐加重。

我召唤了母亲的角像，问她是否希望我死掉，如果她不想，请给我提供解药。

她说，她废弃的圣殿应该被重新供奉起来，但要关闭原来的门，新增一处螺旋式的入口。她说，螺旋就像是离开人体的脐带阶梯。这很神圣，她补充道。只要门是关着的，你就是安全的，我也不会离开你，她这样说。

我完全照她的话去做。我付了六加仑[1]的咸血，守望者才允许重新供奉她废弃的圣殿。

尤利西斯的船上有个水手，曾经是位英雄，也成了守望者的俘虏。他们让他做特许会计师，不过他的记忆力没有受损。他记得我姑姑开玩笑，把他变成了一头猪。姑姑的女儿们是塞壬，曾想和他做爱，因为与英俊的水手相比，海豚显得虚弱无能。他还是很生气，尽管那时候的战争几乎接近自然，让敌人们彼此相爱。在守望者饥渴般的监视下，我们成了朋友。水手还记得我们过去那些又小又空的圣殿。千万，千万不要打开门，他说，否则你会有

1　1英制加仑约4.55升。

危险。他把我的福祉记在心上。

他自己的小圣殿完全密封了，但代价是差点要了他的命，而我只付出了六加仑的咸血。

事情就是这样，星体的特定组合触发事件，让某些人类可以直接感知到神灵的存在：那些参加舞会的人，以及其他人。

我参加了舞会，却被一条伪装成欢乐鬼[1]的食人鲨咬伤了肚子。

我们在这些舞蹈中犯的每一个错误，都必须转化成一个问题，否则这些错误就会给人类的处境带来致命危险。

水手一直在吧台那边看我们跳舞，却被我笨拙的加沃特舞步吓到，提醒我这样至少会把腿跳断。他拒绝加入我们一起跳舞。这种事发生得太频繁了，他说。我想他是觉得我丢人，一开始他就知道欢乐鬼是条鲨鱼。

我只能告诉他，那不是一条真正的鲨鱼。我

1　欢乐鬼（Harlequin）是意大利传统喜剧中的一个固定丑角。——编者注

不知道水手是否听懂了我的意思，因为我不断离开跳舞的人群来给他讲这件事：我那头上长角的母亲行事怪异。既然她选择让我再次跳舞，我别无他法。"我们越无知，反而越能融入。我曾经提出过问题，所以我知道自己在跳舞。"

水手说："快离开这里，否则你可能会扭断脖子。"

我穿着怪异的衣服，继续跳舞，但我还是先跟他说："我孤独又痛苦，可我穿的是我最后一层皮肤了。既然你几乎与神灵面对面，请不要抛弃我。"用人类的话来说，这叫爱情。

随后，我用燃烧的双脚起舞，脚步却越来越沉，直到我仿佛是一匹挽马，用流血的残肢奔跑。

但我迈错了一个舞步，守望者们穿着刽子手的紫衣，悄悄走进人流的旋涡，把我关进了单独的牢房，只让我吃腐烂的鲨鱼肉。

迈错舞步后，我把自己献祭给女角神。她的圣殿遭到亵渎，殿门被打开，地上满是鲨鱼的粪便，圣徒们芜杂地散落在殿堂各处。

我苦不堪言，甚至拿不起神圣的扫帚。我在圣殿里待了一整夜，痛哭流涕，恳求离去的母亲现身。

圣者啊，我坐在这里，沉浸于被抛弃的痛苦中。让我在这最可怕的痛苦中瓦解吧。

然而女神还是没有出现。

我哭过，威胁过，恳求过，试过用脑袋撞墙。直到天亮时，我才意识到我还没有问出我的问题。我清洗了狰狞腐烂的脸，再次把自己呈现在角像面前。

我为什么是人？我问。

由于女神没有嘴，没有舌头，没有声带，她的存在无法被描述，却是绝对的。因此，我必须假装我们以下的交流用的是人类语言。

她的回答是这样的：成为一个人类生物就是成为一支人体模型军团。根据人类生物的选择，人体模型可以被赋予生命。他或她想要多少人体模型就能有多少。当人类生物走进人体模型中时，他们马上就相信人体模型是真实的、活着的。只要他们相信这一点，就会被困在死亡的形象中，这形象以不断增大的圆形轨迹远离伟大的自然。每个人都给自己的人体模型命名，几乎所有的名字都以"我是"开头，后面跟着一长串谎言。

我问：圣者，这些人体模型有什么用呢？

女神说：如果没有人体模型，人类就永远无法相互交流，只能通过做爱联结，或是以血肉之躯搏斗。通过人体模型，他们可以相互交谈，相互催眠，相互支配，可以沉迷于一切煽动人心的活动中，包括痛苦、快乐、审美享受、自大、政治和足球，等等。

我又问她：什么是痛苦？

她回答：痛苦是一个或多个人体模型的死亡或瓦解。然而，一个人类生物留下的人体模型越多，他或她就越有可能永远逃离人类的处境。唯一的麻烦是，当一个生物不得不放弃一具无人使用的人体模型时，他或她通常会忙于建造更大、更好的人体模型以栖居其中。

那所有的人体模型都是吸血鬼吗？

女神说：人体模型就像卡巴拉生命之树，是被生命浸润过的死亡，永恒地绕着十二宫旋转。

圣者啊，我如何才能离开这个循环？

你死的时候，就能走出这个循环。

我没有脚，怎么能走出循环呢？我问。这个恶毒的问题让女神很满意，她的笑声像雨滴一样落在我头顶。你一定要用蛛丝给自己编织一具身体，她说。

我当然早就意识到了这一点，却一直不幸地把我的蛛丝浪费在越来越多的人体模型身上。

所以我一点点把蛛丝回收，现在我坐在这里开始纺纱，就像希腊水手预言的那样。

我坐在金字形神塔里，明白我之所以跳舞，是因为那是杀死另一个人体模型的唯一方式，它的名字叫"我是仍然相当有吸引力的，如果我得不到一点人类的爱，我就会死去。每个人都需要被爱，无论他们多大年纪。而且，如果我跳舞跳得够快，也许甚至能摆脱守望者，获得自由"。

出人意料的是，女角神再次与太阳一同升起。

可为什么我是人类啊，圣者？我做了什么，才沦落至此？

人类意味着用血肉写成，只有一个词：痛苦，痛苦，还是痛苦——

拿撒勒[1]的女巫是谁？

一个用血写成的象形文字，如果故事始于耶稣受难，倒着去理解，故事才有意义——耶稣在十字架上失去了他的父亲。

那就没有学问了吗？

没有。理解只是写在活物和初级生物中的东西。初级的无影生命只是字母，组成你看不懂的词语。他们的处境总是痛苦的，因为他们赤裸、没有皮肤。他们的血液没有防御。

他们是谁？

那些不再假装知道自己是谁的人。

20 世纪 50 年代中期

1　拿撒勒（Nazareth）位于今以色列北部，是基督教圣城之一。

一则墨西哥童话

从前，一个叫圣胡安的地方住着一个男孩。他的名字叫胡安，他的工作是照看猪。

胡安从来没有上过学，他的家人也从来没有上过学，因为他们住的地方没有学校。

一天，胡安带着猪出去吃垃圾，他听到有人在哭。猪开始表现得很奇怪，因为声音是从一处废墟里传出来的。猪想看向废墟里面，但它们不够高。胡安坐下来思考。他想：这个声音让我胃里很难受，仿佛有一只蠼螋被困在里面，跳来跳去想要逃跑。我知道我之所以有这种感觉，实际上是因为废墟里微弱的哭泣声，我害怕，猪也害怕。可我想知道是怎么回事，所以我要去村子里，看看唐佩德罗是否愿意把他的梯子借给我，这样我就可以翻墙过去，弄清是谁在发出这样悲伤的声音。

他就这样出发去找唐佩德罗了。他问："你能把你的梯子借给我吗？"

唐佩德罗说："不能。你要做什么？"

胡安自言自语：我最好编个理由，如果我告诉他关于声音的事，他可能会去伤害它。

于是他大声说："在月亮金字塔后面很远的地方，有一棵高大的果树，上面结着许多黄色的大杧果。那些杧果可饱满了，看起来就像气球。它们滴下的汁液像蜂蜜一样，但它们长在树的高处，没有一架长长的梯子是不可能摘到的。"

唐佩德罗一直看着胡安。胡安知道他又贪又懒，所以只是站在那里盯着自己的脚。最后，唐佩德罗说："好吧，你可以把我的梯子借去，但你必须给我带回来十二个最饱满的杧果，我要拿去市场上卖。如果到了傍晚，你还不带着杧果和梯子回来，我就会狠狠揍你，让你肿得跟杧果一样大，你身上会青一块紫一块的。所以赶紧拿走梯子，早点还回来。"

唐佩德罗回到家里吃午饭，他想：有杧果长在这里的山里，听着非常奇怪。

于是他坐下来，对妻子大喊："给我端来小肉块和玉米饼。所有女人都是傻瓜。"

唐佩德罗的家人都怕他。唐佩德罗很怕他的老板，一个叫利森西亚多·戈麦斯的人——他打领带，戴墨镜，住在镇上，有一辆黑色的汽车。

此时，胡安正拖拽着长长的梯子。这并不轻松。胡安回到废墟时，累得晕倒了。

一切安静下来，除了猪的微弱咕噜声和一只蜥蜴跑过的粗糙声响。

太阳开始落山时，胡安突然醒来，喊道："哎！"有个东西正低头看着他，那是个绿色、蓝色、锈迹斑斑的东西，像巨大的桃金娘根出条一样闪闪发光。这只鸟端着一小碗水。她的声音微弱、甜美又奇怪。她说："我是住在金星金字塔里的伟大神之母的小孙女，我给你带来了一碗生命水，因为你听到我在你胃里的声音，就拖着梯子走了这么远来看我。这儿才是听那个声音的最佳地点，在胃里。"

不过

胡安吓坏了，他继续尖叫："哎！哎！哎！哎！妈妈！"

鸟把水泼在胡安脸上。有几滴流进了他嘴里。他站起身，感觉好多了，高兴地看着那只鸟。他不再害怕了。

与此同时，她的翅膀一直像电扇一样扇动，速度快到胡安都能看穿它们。她是一只鸟，一个女孩，一阵风。

猪已经都被吓晕了。

胡安说："这些猪除了吃、睡和生更多的猪以外，什么也不做。然后我们会把它们宰了，做成小肉块，放在玉米饼里吃。有时我们会因此生病，尤其是在它们已经死了很长一段时间的时候。"

"你不了解猪，"鸟旋转着身子说，"猪有它们的守护天使。"于是，她像特快列车一样吹响哨声，一株小仙人掌从地里冒出来，滑进了鸟丢在脚边的碗里。

她说："皮乌，皮乌，小仆人，把自己切成小块喂给猪，好让它们受到猪天使的鼓舞。"

仙人掌叫皮乌，它用一把又快又锋利的刀，把自己切成小圆块，速度快到根本看不清。

小块的皮乌肉跳进了失去意识的猪嘴里，接着，猪分解成了小肉块，在它们自己的体热中烘烤着。

美味烤猪肉的香味让胡安嘴里分泌起口水。鸟笑得像排水管一样，她拿出望远镜和钳子，夹起几块猪肉，放进她的小碗里。"天使必须被吞食。"她说着，从绿色变成了蓝色。她压低声音对着地下黑暗的洞穴唤道："黑鼹鼠，黑鼹鼠，出来做酱汁，因为胡安要吃天使了，他饿了，从天亮到现在还没有吃过东西。"

新月出现了。

随着大地的起伏和蒸腾，黑鼹鼠把他装饰着星星的鼻子探出地面，接着出现的是他扁平的手和皮毛。他从这么厚的泥土中钻出来，身上依然光滑而干净。

"我是瞎子，"他说，"但我的鼻子上戴着一颗来自天空的星星。"

此时，鸟飞快地旋转，变成一道彩虹，胡安看到她化身一条五颜六色的曲线，把自己倾泻进月亮金字塔里。他不在乎，因为烤猪肉的气味让食物成了他唯一的渴望。

鼹鼠从口袋里取出各种辣椒。他又拿了两块大石头，把辣椒和种子捣成浆，往上面吐了唾液，再倒进放着烤猪肉的碗里。

"我是瞎子，"鼹鼠说，"但我可以带你穿过迷宫。"

红蚂蚁扛着玉米粒从地下出来。每只蚂蚁纤细的腿上都戴着一只碧玉镯子。一大堆玉米很快被碾碎。鼹鼠用他扁平的双手做了玉米饼。

宴会所需的一切都准备好了。就连在施洗约翰日也见不到如此丰盛的食物。

"现在吃吧。"鼹鼠说。

胡安把玉米饼蘸进碗里，直到他吃得饱饱的。

"我从来没吃过这么多东西，从来没有。"他不停地说。他的肚子看起来像只肿胀的瓜。

鼹鼠一直站在旁边，什么也没说，只是用鼻子嗅着发生的一切。

胡安吃完第五头猪的最后一块肉时，鼹鼠笑了起来。胡安吃得太饱了，动弹不得。他只能盯着鼹鼠，纳闷是什么事这么好笑。

鼹鼠在皮毛下佩戴着一把剑鞘。他迅速从中抽出一把锋利的剑，嗖的一声，尖叫着，把胡安切成小块，就像皮乌把自己切成小块来喂猪那样。

小胡安的头、手、脚和内脏都嘶吼着跳来跳去。鼹鼠用他的大手温柔地抱着胡安的头，说："不要害怕，胡安，这只是你的第一次死亡，你很快就会复活的。"

于是，他把胡安的头插在一株龙舌兰的刺上，然后一头扎进坚硬的泥土里，仿佛那不过是水面。

现在，一切都安静下来。细细的新月高高挂在金字塔上方。

玛丽亚

井在很远的地方。玛丽亚提着一桶水回到小屋。水不停地从桶边溢出来。玛丽亚的父亲唐佩德罗正在大喊："我要打死那只没长毛的小狗崽子胡安尼托[1]。他偷了我的梯子。我知道这附近不长杠果。我要打到他求饶为止。我要揍你们所有人。为什么我的晚餐还没准备好？"

唐佩德罗又喊道："她还没提水回来？我要揍她。我要像拧鸡脖子一样拧她的脖子。你是个一无是处的女人，你的孩子也一无是处。我才是这里的主人。我发号施令。我要杀了那个小偷。"

玛丽亚很害怕。她停下脚步，躲在一株大龙舌兰后面听着。唐佩德罗喝醉了。她想：他在打我妈妈。一只瘦小的黄猫惊恐地跑了过去。猫也很害怕。如果我回去，他会打我，也许他会像杀鸡一样杀了我。

玛丽亚悄悄地放下水桶，向北朝月亮金字塔

---

1 胡安尼托（Juanito）是胡安（Juan）的昵称。

走去。

已经入夜了。玛丽亚很害怕，但她更怕她的父亲唐佩德罗。玛丽亚试着回想起向瓜达卢佩圣母祈祷的祷词，但每次她开始念《圣母经》时，总有东西发出笑声。

前面几米的小路上扬起一阵尘土。一只小狗从尘土中走出来。它没有毛，灰色皮肤上长着斑点，像一只母鸡。

狗走到她跟前，他们面面相觑。这只动物有种独特而庄严的气质。玛丽亚明白，狗是她的盟友。她想：这只狗很老了。

狗往北走，玛丽亚跟上去。他们时走时跑，直到抵达废墟，玛丽亚与胡安被斩下的头面对面。

玛丽亚的心猛然一跳。悲伤袭来，一滴硬如石头的眼泪从她的脸颊滑落，重重落在地上。她捡起那颗泪珠，放进胡安的嘴里。

"说话吧。"玛丽亚说。她现在已经老了，充满智慧。他开口了，说："我的身体像一条断裂的项链，散落在各处。把它们捡起来缝好。没有手和脚，我的头很孤独。我可怜的身体像炖肉一样被切碎了，没有了其他部分，它们都很孤独。"

玛丽亚从龙舌兰顶上摘了一根刺，用叶子的筋做线，对龙舌兰说："请原谅我用你的刺做针，请原谅我用你的身体穿针，请原谅我的爱，请原谅我就是我，而我不知道这意味着什么。"

在这期间，胡安的头一直在哭泣、哀号、抱怨："哎，哎，哎。我可怜的自己，可怜的我，可怜的身体。快点，玛丽亚，把我缝起来。快点，因为如果太阳升起，大地远离天空，我就永远无法恢复完整。快点，玛丽亚，快点。哎，哎，哎。"

玛丽亚忙活着，狗不断地取来胡安的身体碎块，然后她用整齐的针脚把它们缝在一起。最后，她缝上了头，唯一缺少的就是心。玛丽亚在胡安的胸前挖了道小门，用来把心放进去。

"狗，狗，胡安的心在哪里？"心在废墟的墙壁上。胡安和玛丽亚竖起唐佩德罗的梯子，胡安开始往上爬，可玛丽亚说："停下，胡安。你够不到自己的心，你必须让我爬上去取。停下。"

然而胡安不听，继续向上爬。正当他要伸手去抓还在跳动的心时，一只黑色的秃鹫从空中俯冲下来，用爪子抓住心，朝月亮金字塔飞去。胡安尖叫了一声，从梯子上摔了下来。幸亏玛丽亚把他的身体缝得很好，他并没有真的受伤。

　　但胡安已经失去了他的心。

　　"我的心。它就在那儿，独自在墙上跳动，又红又滑。我漂亮的心。啊呜，啊呜，"他哭着说，"那只邪恶的黑鸟毁了我，我再也不完整了。"

　　"嘘，"玛丽亚说，"如果你这么大喊大叫，那只长着稻草翅膀和水晶角的纳瓦尔会听到我们的。嘘，安静点，胡安。"

　　无毛狗叫了两声，开始走进一个洞，洞口大开，像一张嘴。"大地是活的，"玛丽亚说，"我们必须把自己喂给大地，才能找到你的心。来，跟着埃斯基克勒[1]走。"

　　他们向大地深处望去，害怕起来。"我们用梯

1　埃斯基克勒（Esquinclé）疑似源自纳瓦特尔语中的"itzcuintli"，意为"狗"。——编者注

子爬下去。"玛丽亚说。他们能听到狗在下面很远的地方吠叫。

他们开始爬下梯子，进入黑暗的地底，这时太阳金字塔后出现了第一道微弱的曙光。狗依然叫着。玛丽亚慢慢爬下梯子，胡安跟在她后面。在他们上面，大地微笑着闭上了嘴。不过大地的微笑还在，坚硬的泥土上留下了一道长长的裂缝。

下面有一条通道，形状像个头很高的空心人。胡安和玛丽亚手牵着手走在这具身体里。他们现在知道自己回不去了，必须继续走下去。胡安敲着门，胸中哭喊着："啊，我可怜的丢失的心，啊，我被偷走的心。"

他的哀号跑在他们前面，随后消失了。这是一条信息。过了一会儿，传回隆隆的大吼声。他们站在一起，浑身发抖。有一段楼梯通向下方，台阶又窄又滑。在下面，他们可以看到生活在金字塔下的红色美洲豹。那只大猫看起来很可怕，但他们无法回头了。他们颤抖着走下楼梯。美洲豹身上散发着愤怒的气息。他吃过很多颗心，但那是很久以前的事了，现在他想喝血。

他们靠近时，美洲豹在石头上磨尖了爪子，准备吃掉两个小孩子的肉。

玛丽亚感到悲伤，自己竟然要死在这么远的地下。她又流下一滴眼泪，落在胡安摊开的手里。眼泪又尖又锋利。他把它直接扔向野兽的眼睛，却被弹了回来。美洲豹的身体是石头做成的。

他们径直走上前去，摸了摸美洲豹，抚摸着它坚硬的红色身体和黑曜石般的眼睛。他们笑着坐在它背上，石头美洲豹一动不动。他们玩耍着，直到一个声音喊道："玛丽亚。胡安。胡安。玛丽。"

一群蜂鸟掠过，冲向那声音。

"祖先在召唤我们，"玛丽亚边听边说，"我们必须回到她身边。"

他们爬到石头美洲豹的肚子下面。鼹鼠站在那里，又高又黑，一只大手握着一把银剑，另一只手拿着一根绳子。他把两个孩子紧紧绑在一起，把他们拉到大鸟面前。鸟儿、蛇、女神——她坐在那里，身上不仅有彩虹的所有颜色，还满是小窗户，其中的一张张面孔向外吟唱着每一个活物和死物的声音。这一切就像一群蜜蜂，在一具静止的身体里做着百万种动作。

玛丽亚和胡安盯着对方，直到鼹鼠剪断了把他们绑在一起的绳子。他们躺在地板上，抬头望着正透过屋顶上的竖井闪烁的黄昏星。

鼹鼠在往火盆里堆放散发着香气的树枝。等一切准备就绪，鸟蛇母亲从嘴里喷出一股火舌，木头迸发出火焰。"玛丽亚，"上百万个声音喊道，"跳进火里，拉着胡安的手，他必须和你一起被烧死，这样你们就会成为一个完整的人。这就是爱。"

他们跳进了火里，通过屋顶的竖井在烟雾中上升，加入黄昏星。胡安-玛丽，他们融为了一体。他们会再次回到大地，成为一个名为羽蛇神的存在。

胡安-玛丽不断地回来，所以这个故事没有结局。

20 世纪 70 年代

快乐尸体故事

肤白的女孩斑驳的母马

树林里的雄鹿和蕨草。

荆棘上缠着一簇黑发

她走得这么快

如今已不见踪影。

年轻人穿着紫色和金色的衣服，戴着金色假发，拿着一台点唱机，发了一通脾气，倒在青苔小丘上，泪眼婆娑。

"她一直没有回来。"他喊道。

"多愁善感是疲劳的表现。"快乐尸体说。它浑身灰扑扑的，在节瘤丛生的榆树上晃来晃去，那棵树好似一只蜂窝。

"不管怎样，"年轻人尖叫道，"我一定要去找她，因为我爱上她了。"

快乐尸体笑了。"你是说，你那条秘密的线缠上了一个飞奔的少女。这条线越拉越细，是罪恶的浪费，是悲哀的欲望。"

年轻人的假发掉了下来，露出一颗覆满黑色硬毛的头骨。

"不过，"快乐尸体继续说，"如果你能抓住我，骑在我背上，我也许能带你找到这个女人。"

"驾！"年轻人大喊，抓住尸体。尸体却化为灰烬，闪现在摇莓[1]丛的另一边。

"没那么容易。"

他们绕着摇莓丛跑了一圈又一圈，随着年轻人越来越接近，尸体反而变得越来越笨拙，直到年轻人跳到它背上。快乐尸体一跺脚，他们便一起跑远了。

1　原文为"brandleberry"，疑为作者自造词。"brandle"是源自法语词"brandiller"的生僻词，意为"摇晃、来回晃动"。——编者注

他们匆忙穿过树林，却被荆棘抓住。大斯科特——一只讨厌的黑白猎狗，不断冲向尸体脚下，闹个不停。这只癞皮狗潜伏在快乐尸体常常出没的地方，毕竟在这种情境下，很难称之为"居住"。狗和快乐尸体一样难闻，几乎分辨不出谁是谁。它们只是看着不一样而已。

尸体身上满是窟窿和凹痕，因此可以用身体的任何部位说话。"现在，"尸体用后脑勺说，"我来给你讲个故事。"年轻人重重呻吟了一声，像是濒死时发出的喉音。他心事重重，听不进去故事。不管怎样，故事开始了。想象一下，后脑勺上的一个洞直接对着你的脸讲故事，还带着难闻的"口气"：这必定让敏感的年轻人备感困扰。然而，改变不了的，只能忍。

"这个故事，"快乐尸体说，"是关于我父亲的。"他们把自己从毒藤的枝蔓中解救出来，同时故事继续着："我父亲是个和其他人完全一样的人，于是他不得不在外套上戴一枚巨大的徽章，才能不被错认成别人。他和任何一个人都没区别，你能明白我的意思吧？他需要不停努力，才能赢得别人的注意。这很累，而且他从不睡觉，因为他要不断参加宴会、集市、会议、座谈会、讨论、董事会、赛马比赛，甚至还有只吃肉的肉食会。他永远不能在一个地方停留超过一分钟，因为如果他不是一副忙碌的样子，就担心有人会觉得没人需要他。所以他不认识任何人。真正忙起来和与人交往总是相互冲突的，‘生意’意味着无论你身在何处，都需要马上动身去其他地方。这个可怜的男人，明明还算年轻，却把自己搞成了一具残骸。”

一块大黑布一般的东西笨重地飞过，说："举起手来，异教徒。"

"那是什么？"年轻人问，警觉起来。快乐尸体用头上的洞微笑着说："那是迪克·特平，曾经是个拦路强盗，一直是个幽灵。他要去鬼魂制造机那儿。"

"鬼魂制造机？"

"对，鬼魂制造机是一种自动制造鬼魂的机器。随着我们越来越接近地狱，这种机器也会越来越多，就像连锁店似的。"

年轻人此时已惊恐万分，嘴唇周围发青，惊慌失措，不敢开口。

"说回我父亲，"尸体继续，"他最终成为一家公司的高管。这意味着，他用大量法律文件去处决[1]别人，证明他们欠了他很多钱，可那些人根本没钱。'公司'实际上制造毫无用处的物品，但人们依然蠢到去为此花钱。公司越稳固，就越需要无意义的言论，以防任何人注意到整个生意的体系有多么不可靠。有时候，这些公司实际上什么也不卖，却能赚很多钱，比如'人寿保险'，就是把暴力而痛苦的死亡伪装成宽慰而有用的事情。"

"后来你父亲怎么样了？"年轻人问，主要是想在这越来越恐怖的旅程中听到自己的声音，以谋求某种安慰。树林里现在闪现着各种幻影：野兽；垃圾桶里溢出腐烂的实体；树叶毫无秩序地相互追逐，无法保持恒定不变的形态；草就像是成精的意大利面条；还有一些无名的真空，触发着不快乐或

1　原文中，"处决"（execute）和"高管"（executive）是同源词。

灾难性的事件。

"我父亲在打电话时心脏病发作，他当然下了地狱。如今他在电话地狱，里面每个人的嘴唇或耳朵上都黏着这些设备，痛苦极了。我父亲要和他的电话相伴九千九百九十亿个永恒，才能摆脱折磨。之后他甚至可能成为圣人。在成长为真正的独立存在体之前，每个人都要先下地狱，如果不小心，一切还得从头再来。"

"也就是说，你父亲真的在地狱？"年轻人问，"而且你为什么从没提起过你母亲？"

尸体在这里停顿了一下。树木变得更加稀疏，能看见远处有一片沙漠。

"我母亲因为无聊自杀了。我父亲太忙，所以她没人可以说话。她吃了又吃，然后把自己关进冰箱，寒冷和窒息带她走向死亡。她也下了地狱，不过是在冰箱地狱，一直不停地吃东西。我写了一首诗来悼念她：

"当父亲的面孔变得难以忍受

母亲走进冰箱之境，

爸爸，我说，我好难过

妈妈已经完全疯了。"

眼泪从年轻人的脸上滑落。"整个故事太可怕了。更糟糕的是，我可怜的母亲也是自杀的，用了一把机枪。"

快乐尸体突然停下，把年轻人甩到地上，说："傻孩子，你以为我不知道吗？我就是你妈妈啊。如果我只是个陌生人，怎么会把你带到地狱附近来呢？"

"妈咪？"年轻人说道，剧烈地颤抖着，"原谅我。"

"你以前总是就着草莓果酱三明治喝茶。"

他们一时沉浸在草莓果酱三明治的回忆中。过了一会儿，快乐尸体说："现在你最好还是回去吧，你已经忘了那个骑着斑驳母马的肤白女孩了，就像每个去往地狱的人都会遗忘一样。

"你必须记住，而为了记住，你必须再回来，独自一人。"

　　为了让男孩找到回去的路，她把他的腿绑在那只长着黑色长毛的癞皮狗大斯科特身上。他们离开了。希望他们顺利找到回去的路。快乐尸体化为灰烬，心满意足地笑着，回到了树上。

　　　　　　　　　　　　　　　　　　1971 年

以及在医生们充满火药味的一月 [1]

"俄罗斯捐赠了一批训练有素的老鼠,在给人类做手术方面经验丰富。鉴于近期医生罢工,俄政府慷慨捐赠了一批在各类外科手术和普通治疗方面均高度专业的老鼠。"《大都会新闻》如是报道。

势必如此。

也正因如此,部长、医生、银行家、神父以及政客们集中在一起开了个会。

不久便能看出,这个计划并没有让他们感到高兴。著名的独爪医生宣称:"此举必将影响病患的信心。对老鼠来说,手术需要的技巧过高。再者,这么做也不卫生。"一位身穿英式西服的部长确认

---

1 原文为拉丁语 "Et in bellicus lunarum medicalis"。

说："在为病人做手术之前，老鼠会接受消毒的。另外，如果我们拒绝使用这批老鼠，俄政府会感到冒犯。"

众人在静默中各执一词，僵持不下。

因民主姿态而闻名遐迩的权势银行家刺山柑先生主动打破了僵局。"先生们，"他面带惯有的温和笑容说道，"这个问题不难解决。把老鼠送给美利坚合众国总统就万事大吉了。美国人和俄国人一样，观念都很现代。"

"我个人觉得，把别人送的礼物再转送出去，这种做法并不妥，"话音来自负责听取上层社会女士忏悔的波德莫尔神父，"我本身观念很现代，是个彻彻底底的无神论者，就像所有开明的神职人员一样。可是……那些和我一样思想开化的人，也会因这种不讲礼数的行为而感到不悦。"

"他说得对，"在政府任职的那位部长说道，"谁都不愿与俄美同时开战。众所周知，他们可谓武装到牙齿了。"

"我反对用老鼠代替医院里的人类医务人员，"

独爪医生说道，态度坚决，"不如把这些老鼠捐赠给精神分析学会。"

雄伟富丽的半应用科学及其他隐喻活动研究所在我市占地数平方公里，位于一座宜人的公园中间，园内有一座偶尔会喷水的喷泉。老鼠赠予仪式将在此地举行。仪式伴有音乐、彩旗以及裹着吉利丁的法式菜肴——波尔多风情的墨西哥安其拉达玉米卷饼尤其受欢迎。

在乐声和致辞中，医生们亲手将睿智鼠交予精神分析师们。

在半应用科学及其他隐喻活动纪念碑投下的阴影中，精神分析学会负责人西格弗里德·拉夫特纳尔格医生接受了这份"鼠礼"。这座被认为全世界独一无二的纪念碑展现了这么一幅场景：三位英雄和一匹马正一并意气风发地穿过链球菌培养物。

拉夫特纳尔格医生站在纪念碑下俯首接受了赠礼，嘴里喃喃说着"啊呀这个狗娘养的"，并发誓要报复他的仇敌独爪医生。

宴会一结束，精神分析师们便在拉斯洛马斯山的一处秘密地点集合，将这份"大礼"好好审视一番。"我无意攻击任何医界同仁，"拉夫特纳尔格医生说，"可独爪这人简直就是个畜生。我们怎么可能用这些老鼠去做精神分析？"

　　"这是侮辱，"冯·草鹭医生说，"是在公开表明敌意并实施侵犯，明显是要排挤我们。"

　　"自病患至老鼠医师的心理移情问题，会让我们面临前所未有的困难。"黄道·佩雷斯医生说。这位医生长相丑陋，心里放不下心理移情这件事："在治疗顽固的神经官能症这方面，没人能琢磨出来这些动物能有什么实际用途。我们不应忘记，病患也是人啊。"

　　"附议！附议！"好几位英语水平尚佳的医生大声附和道。

　　"使用老鼠问诊的话，我们应该收取和人类医生同等的费用，还是减半？"贝尼托·德肠医生问。这位医生缺乏安全感且神经质，有六个食量极大的孩子。

没人知道问题的答案。过了许久，拉夫特纳尔格医生冒出一声"嘎"，随后面露一丝微笑并补充道："一个好的解决方法，是把老鼠交给妇科医生们。"听到这个不雅的玩笑，在场的人附和地笑了。

困境依旧。在拉斯洛马斯山的豪华公馆——由青铜、大理石和象牙等材料建造而成，并装饰有野牛——举办数场会议之后，精神分析师们最终决定绑架独爪医生，以此胁迫后者把老鼠带回医院的手术室去工作。与此同时，老鼠们正吃着维生素，并在通了电的畜栏中有序地锻炼。

黄道·佩雷斯医生最终被推举为绑架独爪医生的人选。他假扮成一名来自达哈拉的少女，就这样，独爪被押到精神分析公馆格调优雅的地下室里……直到他同意一次性将老鼠全带走，才会被放出来。

身为囚徒的独爪医生，以令人惊讶的意志力，抵御住了精神分析师们精心设计的心理拷问。他否认自己对这些老鼠负有任何责任。"虽然它们擅长记账，但我认为，它们不值得信任，而且毫无责任感。"他如是说。此前，他刚刚经受了一轮三重电击问讯，以及连续几晚的阈下说服疗法。"我不要老鼠出现在手术室里。就这样。"

囚犯餐食是没有加牛奶的草莓味玉米面糊，独爪医生也因此而日渐消瘦。眼看囚禁期将满四周，拉夫特纳尔格医生叹了口气，提议道："办法用尽了，看来独爪和老鼠必须一起被祭献掉才行。把尸体扔到内务部秘书处前厅，这件事自然会公之于众。这么做，是为了让人们认为独爪杀死了老鼠，并且因为自己反间谍的身份而随后自尽了。问题迎刃而解。"

"附议！附议！"那几位说英语的大声附和道，其他在场人士假装审慎地咳嗽了几声。

众人设想将毒药掺到草莓味玉米面糊里，这玩意儿就算不掺毒药也难以下咽。"尽量不要让他死得太痛苦吧！用一些'立竿见影'的毒药。嘎！"

"附议！附议！"

与此同时，一批用于捕鼠的武器已运抵边境，抓捕成功后，将通过直升机把老鼠们运至五角大楼，用于军事目的。"谁知道呢，"某位美国将军说，"也可能用潜艇运。"要不是发生了一个偶发事件，差一点就爆发内战：精神分析公馆地下室卫生间的马桶堵了。

什么？

因被剥夺了自由而极为愤怒的囚徒独爪医生，把属于精神分析师们的各种个人物品统统丢进了马桶里：手表、领带、鞋，以及艾里希·弗洛姆作品全集。很快，马桶就堵了。弗洛姆的那本《爱的艺术》把主管道出口堵得严严实实。

他们叫来杰森·棉花糖，一位具有专业资质的管道工，他带着他的帮工们一并赶来。"得用炸药才行。"他对独爪医生说，后者现在急着用马桶。

"这办法行不通，"医生说，"毕竟我还被关在这里啊。"

杰森·棉花糖先生这个人性格和善可亲。他递给医生一支烟。"您是专业医师吗？"他问独爪。

"我是一名医生。"

"哦，某种程度上讲我也算是个医生，"杰森说，"我的朋友都叫我'医生'，因为我负责保护城市地下管道的'内脏系统'。"

"好有趣，"独爪说，"但我认为用炸药炸病患，是一种超出职业操守范畴的行为。"

听医生解释完自己的一套逻辑，这名管道工屈从了。他是个有理有据有操守的人。"这样的话，处理过程会臭气熏天。没有办法能……"

此刻，老鼠们突然登场，来练习一种名为"胰腺双步舞"的新舞步，也就是一种通过戒断肉食、进食砖头，进而操控消化系统的新式经济疗法。

杰森不仅熟悉老鼠们的精神分析习惯，也知道如何使用症候术语跟它们交流。

"它们准备好了，"他终于向独爪医生确认道，"它们说，修好马桶只需要几把钳子和一架简易梯子。"

老鼠们瞬间消失在地下管道中，从此一去不复返。不论是在晴日下还是在月夜中，再未出现过。

可马桶呢，还堵着。

至于那些精神分析师：他们决定穿上镶纽扣的

黑色天鹅绒制服。拉夫特纳尔格宣布："我们，同样有尊严，有自己的组织。不论如何，心理学扎根于肉身。没有肉身，就没有病人。正因如此，一根会说话的骨头也比一只会思考的老鼠更有价值。"

阿门……

> 就算你并不信我所讲，
>
> 我的故事也趣味横生。
>
> 吟唱故事的蝰蛇，
>
> 自井中将其吟唱。

20 世纪 60 年代早期

一则关于如何创立制药产业
或关于橡胶灵棺的故事

　　我选中了野餐地点，惶惶不安。我认为本次野餐的场合应肃穆庄严，恰是因为来客身份尊贵——一位是来自墨西哥至高阶层的知名贵族波波卡特佩特火山[1]勋爵，另一位是他最亲密的友人联邦特区子爵。为了挑选适合同两位绅士尊享美好时光、最具贵族气质的场所，本人深思熟虑良久。我考虑到，一方面，本地饭店不仅档次低，而且菜肴贵到无论如何都会被宰上一笔；另一方面，乡下这种缺乏隐蔽性的平民之地，又有诸多不便。于是，我最终决定邀请他们去拉丁美洲塔废址附近的一处古老而美

1　波波卡特佩特火山（Popocatépetl）位于墨西哥，是世界上最活跃的火山之一。

丽的陵园。

君主制在墨西哥稳固之后，国王查普尔特佩克·冯·史密斯二世（阿斯卡波察尔科·古根海姆之子）通过了一项法案，彻底禁止使用所有传播非动物语言的通信设备，包括收音机、电话、电视、对讲机、话筒，等等。自此以后，我们的文明朝向黄金时代极速发展：在时代令人愉悦的沉寂中，街道化为花园，家变为思想腹地——思想不一定有深度，但至少平和恬淡。

在大都市中心，野餐已成为社会最尊贵人群的生活惯常。以和为本的本土体育活动有国际象棋、蛇梯棋、十字棋等。据说在过去，民众为了取乐而杀牛。直至今日也无人知晓，他们是通过何种方式结束这些美丽动物的生命。但据推断，应该是使用了诸如电击或枪支之类的器具，在那黑暗而荒蛮的年代颇为普遍。

自北方黑人国王纽约一世颁布《美洲去电气化法案》后，具体如何操作这些颇有威力的器具便不得而知。如今，我们仅在庆典仪式中才会使用，将其全部置于一只蛋形玻璃容器中[1]。

说到这里，我意识到自己跑题了。在五月雾蒙蒙的一天，我驾着我那辆简朴的单骡雪橇驶向圣豪尔赫·光与力陵园，雪橇上载着几个篮子，盛有经本人精心挑选的色味俱佳、营养俱全的上乘食材。不光有在日本装罐制造的挪威风味的墨西哥安其拉达玉米卷饼，还有六瓶原产地装罐、名为"可口可乐"的古老而稀有的印第安饮品。

整座陵园笼罩在晨间的昏暗之中，透出些许神秘：密密麻麻的坟墓群，被雨水冲刷的那片区域洁白无瑕，几世纪间躲在阴影中的另一部分则变得黝黑。窄似蜘蛛网的陵园过道里，藏着一家名为"肥燕"的小酒馆；食客来来往往，为的是在这座小小的亡灵之城中饮上一杯，提振精神。酒馆在古老年代的用途与教堂相似，在基督教时代末期哀伤的仪式中，众人聚集在此聆听神父的祷文，寸食不沾，滴水未进，只是默默望向彼时尚为救世主的耶稣：那个被残忍地钉在木质构架上、哀苦一目了然的可

1　原文为拉丁语"vitro debent omnia fieri, quod sit forma ovi"。

怜男人。基于这个有趣的实例，可以窥知先人崇拜如此怪怖的宗教形象的心理。

我在陵园里一边走，一边寻找适宜野餐的安静场所。我慢慢找到一处还算开阔的地方，碰到两个人在那里挖洞。两人告诉我，他们正在把某个无名氏的骸骨刨出来，这么做是为了给尊贵的唐娜"专横·角落"的遗体腾出地方：不久前，这位夫人在研究考古学家刚刚发现的"地下内务部"的习俗时去世；其论文《二十世纪祈祷文》被现世广为传颂，内容涉及在赫赫有名的内务部大楼里的神秘发现。

"这座陵园啊，"两人中个头较高的那个和我讲，"是女性专用的。"为了确保尺寸合适，他们请求我躺到洞里。

洞里的土地潮湿，并没有想象中那么不舒服。我在唐娜"专横·角落"的墓穴里刚躺好便顿生困意，那两个人则小心翼翼地测量尺寸。事毕，他们帮我从深穴中爬上来。同他们道别时，我透过大雾看到了两位宾客的身影——波波卡特佩特火山勋爵和联邦特区子爵。

我拾起篮子和两位尊贵的朋友会合，很快便找到一处幽静之地。波波卡特佩特火山勋爵和我说起他的风湿病情。"从今年年初开始，"他对我说道，"由于潮湿的缘故，我下半段脊柱会不时痉挛。我去找大法师医生看过，他试图让我相信，病痛的产生完全是因为心理作用。他建议我穿缝有内衬的裤子，内衬材料得用龙舌兰酒鞣制而成的猴子皮。可穿了这么久，也没有好转的迹象。"

　　"庸医！"联邦特区子爵回答道，"昼夜平分紊乱症才是导致风湿的罪魁祸首，因为富含心灵球菌的灰色液体会重归体内。"

　　"有一款祛风湿颈圈很好用，"我说，"前不久，我刚试戴了我自己生产的几款高品质颈圈，价格仅约合两块发酵奶酪。你们要买的话，可以给出厂优惠价。"

　　我们聊得正欢，一个白衣人朝我们走来。犹豫片刻后，他问我："您是卡林顿女士吗？"

　　"是我。"我回答道，能被陌生人认出，我多少有些惊讶。那人交给我一个长约九十厘米、宽约三十厘米的包裹。"这里面装的是国家彩票的中奖奖品，奖项名为'瘦子'。您的中奖号码为XXXccc。向您表示祝贺，卡林顿女士。"我向那人表达了谢意，好奇地将包裹打开。与此同时，那人在阴影中渐行渐远，边走边发出如北方夜莺般的细小笑声。这笑声我不太喜欢。

我们很快意识到，包裹里装的是一具幼童尺寸的橡胶灵棺。

"这奖品的实际用途令人费解。" 联邦特区子爵说道。波波卡特佩特火山勋爵举着长柄眼镜细细辨认后，发表了不同意见："倒是可以用来做野外午餐的餐桌。"可以避免餐食接触陵园的潮湿土地，这确实是个好主意。进餐过程中，众人心里感到阵阵不安，因为从小小灵棺中散发出的奇怪气味愈发浓烈。两位同伴还没等吃完，便借故迅速离席，留下我孤身一人面对剩余的菜肴和那具橡胶灵棺。我整个人瞬间被深深的哀伤支配，在鼻腔里灌入茉莉精华也无济于事。恐惧阻止我开启这份奖品，因此我盯着它迟疑许久。无法名状的焦虑仿佛从那个勇猛而忧伤的民族的古老坟墓中升起；这焦虑并非源于我自己，而是来自那遥远而骇人的二十世纪。

我也不清楚这不悦感伴随了我多长时间。此刻，附近突然传来和先前一模一样的北方夜莺般的笑声。我环顾四周，认出送给我橡胶灵棺的那人白色的身形。此人的脸被雾遮蔽，因此无法辨清其容貌。可他的声音听上去就像是双唇紧贴在我耳边喃喃低语，神秘且饱含说服力："打开它吧，还等什么呢？"

我的双手不自觉地掀起灵棺饰有百合浮雕的橡胶盖，发现里面还有另一口棺材，用一种叫"塑料"的古老材料制成——这种材料的制作工艺早已失传。我本希望撤回双手，它们却继续听命于白衣人的声音，熟练地将粉色棺材打开。瞬间，一种既惊讶又恐惧的情感油然而生，我目不转睛地看着里面的东西：一具跟一把牙刷差不多大小的遗体。小人儿留有一副巨髯，遵循了早已绝迹的亚马孙部族的著名保存方法，因此形态完好。我此刻想到，这具小小身体的尺寸和死者在世时相比，是有出入的，活着的时候应该比现在大，但与普通现代人相比要小一些。棺材盖子里的一句铭文引起了我的注意："约瑟夫。公元一九四八年。此物为英格兰女王伊丽莎白二世收到的生辰贺礼。后转送给美国总统德怀特·艾森豪威尔作为圣诞礼物。艾森豪威尔总统后差人将其送至墨西哥国立博物馆，以纪念于一九五八年在梵蒂冈被封为圣徒的光与力。因为我们交付的艺术品是我们孤身研究的对象，交付对象也是我们自身，而非他人[1]。"难道棺材里的小人儿来自圣拉斯普京[2]的时代，或许是沙皇宫廷里的某位贵族？我兴奋地琢磨着句子里"艾森豪威尔"之前的那些话。或许是另一个俄国人？"专横·角落"将"USA"阐释为"Unidos Se Amolamos"，其准确性毋庸置疑；同样依据这位权威，"URSS"是"Ustedes Regresarán Solos (a sus) Sepulcros"的缩写。也许这句话来自天主教或类似的地方。我没太读懂

1　原文为拉丁语"Quia Nobis Solis Artem per nos solo investigatam tradimus et non aliis"。

2　应指格里高利·叶菲莫维奇·拉斯普京（Grigori Yefimovich Rasputin，1869—1916），俄罗斯帝国神父。——编者注

那句拉丁文，但我估计是关于被制成标本的小人儿的。或许他生前是用于取悦王室的宫廷侏儒？谁知道呢。

这些华而不实的思绪在我脑中涌现时，那个身穿白衣的男人凑过来说道："如今，所有新入会的教徒都知道，在过去，当众神缺席之时，地球曾被黑暗年代统治。在那场恐怖声名令星球涂炭的大灾难之后，神灵才得以显形。这具自恐怖年代流传下来的遗体，具有医药价值。取几滴金盏花油和一些皇家金凤花种子，碾压至粉末状，便可得到一种珍贵的药膏，能缓解 20 型抑郁症的严重病症。它也可用于慢速升腾术的某些特定运动中。我们都知道，西方医学有些分支领域是研究良性毒剂的，对治疗某些病症的确有效。"

一番话之后，此人从小人儿长长的胡子里拔下一根，轻轻放进我嘴里：味道尝起来像沙丁鱼，我的身体不由得战栗起来。在使用药材方面，二十世纪的药剂师有着奇奇怪怪的习俗。我茅塞顿开，好似神灵之光在耳边轻语："阿司匹林就是这么起作用的。"我晕了过去。

待我恢复知觉，白衣人早已无影无踪……沙皇的小人儿还在我身边，躺在他那具橡胶灵棺里。

就算不用讲大家也清楚，这具小小的尸体成了我创立制药产业的奠基石，掌控着全市的生产走向。当然，市面上也存在假冒产品，但我们的正牌"灵药"是本国最重要的出口产品。该药可用于应对以下身体状况：

分娩

百日咳

梅毒

流感

以及某些抽搐症状。

我虽未因此大富大贵，但得以过上宁静的生活。生活必需之物也一应俱全：一种愉快而显赫的生活。

20 世纪 60 年代早期

此 前 未 发 表 作 品　Previously Unpublished

沙骆驼

A 和 B 两个男孩与老祖母一起住在森林里。老祖母总是穿着黑色的衣服，像把伞；她的脑袋又小又圆，红得像苹果。她的肥皂和睡衣也是黑色的，这是她最喜欢的颜色。A 和 B 去森林里玩白沙。他们堆了一头骆驼。堆好后的骆驼栩栩如生。A 和 B 说："骆驼活过来啦，看起来不太友好。"

确实。可是下雨了，骆驼化成了一摊沙。"很好"，祖母说，"我不喜欢那头骆驼，就因为它的样子。"

但 A 和 B 在沙子里掺了一点黄油，又堆了一头骆驼。这头骆驼的眼睛看上去更邪恶。骆驼在雨中完好无损。"如果我们施点魔法，它就能活过来了。"B 说。那倒是会很有用，因为 B 没有狗。于是乌鸦从树上飞下来说："我，我知道应该给骆驼施什么魔法。"他用爪子在骆驼的额头上画了几个字母，骆驼带着阴险的笑容站起来，走进了房子。

"他就是怕雨。"乌鸦说。

"如果骆驼进屋，祖母会不高兴的，她正在煮栗子呢。"A说。男孩们藏在一棵树后，他们知道祖母会因为骆驼进了厨房而生气。他们是对的，祖母大发雷霆。很快，他们看到骆驼出来了，嘴里衔着祖母的头。她上下颠倒，像一把伞。"骆驼害怕潮湿。"乌鸦说。

厨房里的栗子酱煮糊了。A和B回到房子里去打理。

"要是有薯片吃就好了。"A和B在吃了一周的栗子酱后说，但骆驼绕着树林慢慢走着，像撑伞一样举着祖母。他始终没有把她放下来。乌鸦看到了一切。"你们欠我的，是祖母的珠宝，"乌鸦说，从房子里取走了一大箱珠宝，"总得有人用它们。"他把祖母的珠宝全挂在树上，不得不说，树看上去很美，很美。

格雷戈里先生的苍蝇

从前，有个留着黑色大胡子的人，名叫格雷戈里先生（他和他的胡子都叫这个名字）。从小，格雷戈里先生就深受一只苍蝇困扰。他一说话，苍蝇就飞进他嘴里；别人一和他说话，苍蝇就从他耳朵里飞出来。"这只苍蝇烦死我了。"格雷戈里先生对妻子说。她回答道："我明白，而且它看起来很丑。你该去看看医生。"然而，没有医生能治好格雷戈里先生的"苍蝇病"。他去看过几个医生，但医生们都说从没听过这种病。

一天，格雷戈里先生又去见一位医生。可他拿错了地址，误打误撞找到一位助产士。她是个聪明的女人，除了接生还了解很多其他事。

"啊，那只苍蝇，我知道。"聪明的女人抢先说。格雷戈里先生开口说："对不起，我以为我要见的是方汀医生。"苍蝇像往常一样飞进了他的嘴里。

"我，我知道怎么解决你的苍蝇问题。"聪明的女人说。

"太好了，女士。"格雷戈里先生回答。

聪明女人让他坐进一把椅子。"没错，我知道怎么治好'苍蝇病'。不过，这要花很多钱，差不多是你财产的四分之三。"

格雷戈里先生惊得跳了一下，然后才说："好吧。"他写了下面这封信：

我把我的房子赠予这个聪明的女人（房子不是他的）。我还将赠予她：我的妻子（反正他也想摆脱妻子）、十先令（他并没有这笔钱）和一头奶牛（这其实是一头凶猛的公牛）。

乔治·劳伦斯·格雷戈里（这是他的真名。）

聪明女人很清楚，格雷戈里先生在信里写的

都是假的，但她什么也没说，只是收下信，往地下吐了口唾沫。接着，她给了格雷戈里先生一些药丸，并嘱咐道："每餐后服用两粒，在面汤里加几小滴芥末泡茶，用此茶水送服。这样就行。"

"非常感谢。"格雷戈里先生说。他满意地离开了。之后，格雷戈里先生按照聪明女人的指示，在面汤里加几小滴芥末泡茶，吃下了药。第二天，苍蝇完全消失了，可格雷戈里先生变成了深蓝色，身上的孔洞都装着红色的拉链。

"这比苍蝇还要糟糕。"他妻子说。但格雷戈里先生没有多说什么，因为他知道自己欺骗了聪明女人。是我活该，他想。要是那只小苍蝇还在就好了，我会觉得开心。然而他仍然是深蓝色的，装着红色拉链，直到走向生命的尽头。他丑极了，尤其是光着身子洗澡的时候。

杰迈玛和狼

女家庭教师走进大客厅。在女主人的注视下，她垂下虚弱无色的双眼。女主人正忙着绣花，她穿针引线的样子好像要把布扎烂似的。

"你可以坐下来，"她说，"我想和你聊聊，布勒泽布斯小姐。"

女家庭教师在高椅上坐下，椅子上绣着羚羊和鸟。

"你受雇于我已经三年了。你是个受过教育的聪明女人，你很诚实，也能控制自己的情绪。不要以为我没有注意到这些品质。恰恰相反，我非常敏锐，虽然我不会干涉你的工作。"

她冷冷地看了女家庭教师一眼。

"不过……我想你还没有意识到，你的努力并没有给我女儿带来任何正面影响，我对此并不满意。"

"夫人，"女家庭教师说，她的声音和她的眼睛一样没有颜色，"您的女儿是个非常难缠的孩子。"

"如果她不难缠，我也不会付你这么多钱，让你来教育她。"夫人冷冰冰地说。

女家庭教师脸红了。

"再说了，一个十三岁的女孩能给你带来多大的工作量？现在我想了解几件事，希望你能给我准确的答案。"

女家庭教师嘴唇发青。

"好的，夫人。"她低声说。

"一星期前，我送了我女儿一个洋娃娃。她开心吗？"

沉重的静默持续了一段时间。

"她不开心，夫人。"

夫人目光呆滞地盯着自己手里的刺绣。

"好吧，她是怎么说的？告诉我她说的每一

个字。"

"夫人，您女儿说：'世界上丑陋的人类还不够多吗，为什么还要做他们的复制品？'然后她抓住洋娃娃的双腿，在石头上砸烂了它的头。"

"告诉我，布勒泽布斯小姐，在你看来，一个出身良好的小姑娘有这样的行为，正常吗？"

"不正常，夫人。"

"而你要对这个小姑娘和她的行为负责。我再给你几个月的时间，让你证明你可以让她成为一个正常的孩子。否则……"

布勒泽布斯小姐默默用双手紧紧捂住自己干瘦的胸口。

"我女儿现在在哪儿？"

"她在花园里，夫人。"

"在花园里干什么？"

"找东西。"

"请你好心去告诉我女儿，我要马上见她。"

女家庭教师急忙离开房间。不久，她带着她负责照看的女孩回来了：她比同龄的孩子高很多。

"你可以离开了，小姐，"母亲说，"过来，杰迈玛。"

女孩走上前去的时候，母亲可以看到她的眼睛正透过头发闪闪发光。

"撩开脸上的头发，照照镜子吧。"

杰迈玛耸了耸肩，兴致寥寥地看向镜子里的自己。

"你在镜子里看到了谁？"

"我自己。"

"很好，告诉我，你是不是觉得自己很漂亮？"

"比大多数人漂亮。"

"没错，你很美，长大以后，你也会成为一个迷人的女人。但如果你继续这样行事荒唐……"

她们对视着，谁都没有说话。母亲的表情非常冷漠。

"你为什么想要和其他同龄的女孩不一样？"

杰迈玛克制住笑容。"我不明白，妈妈。"

"你很清楚我什么意思，杰迈玛。你为什么要伤害爱你如自身血肉的母亲？"

杰迈玛把嘴抿成一条冷硬的线。

"我是你母亲，我为你做了一切，你要始终心怀感激。永远没有人能取代我——你的母亲，我只想给你最好的。"

女孩冲精美的地毯啐了一口唾沫，随即消失了。等母亲意识到女儿的所作所为后，杰迈玛早已不见踪影。母亲愣在原地，把手抵在额头上。

"费迪南德，"母亲喃喃自语，"你为什么要给我这个小恶魔？"

女孩躲在外面一棵大树的枝条间。在那里的绿荫下，她发出阵阵笑声。泪水顺着脸颊流下，她以为自己会被无法控制的笑声呛到。她颤抖着镇定自己，脸上被泪水和汗水打湿。她看见父亲费迪南德和一个她不认识的男人在花园里散步。在她看来，那男人似乎长着狼头。她好奇地弯腰向前，想看得更清楚。"是变化的光影让我产生了错觉，"她自言自语，"但我确定，他长着狼头。他如恶魔般英俊，该死，比其他男人都俊俏。"

他们边聊天，边向她走来。她遗憾地看清了，他只是长着人头，而不是狼头。但她继续偷听，饶有兴趣地看着那个男人。他一头灰发乱糟糟的，面庞瘦削，这让他看上去确实更像动物，而不是人；近看，他的黄色眼睛看上去很疲惫。他的衣服十分合体。

"我养的母鸡染上了一种怪病，"费迪南德说着，在杰迈玛藏身的那棵树附近的草坪上躺平身子，"我的鸡得了一种病，它们的头都没了。"

他的同伴投来疑惑的目光。

"我怀疑是一只狐狸在捣乱。那可是世界上最蠢的动物。我已经派了我最凶猛的狗去看守鸡舍，即便如此，每天早晨仍有一只鸡死去。我甚至还留了一个仆人，拿着枪整夜守在那里。这好歹让狐狸有了顾虑，一段时间内没再来了。现在那里没人了，只有狗看着，它又回来了，每天早晨都有丢了脑袋的母鸡和公鸡。"

"狼男"想了一会儿。杰迈玛焦急地盯着他的脸。"他会说什么呢？'狼男'会说些什么呢？"

"我很了解动物的习性，"他最后说，"我能去看看那些可怜的鸡的尸体吗？居然没有人听到狗叫，我好吃惊。狐狸的气味很重的……"在树叶的浓荫中，杰迈玛脸色苍白，浑身颤抖。虽然她觉得自己藏得很严实，但"狼男"仿佛正直视着她的眼睛。

"你住在这儿期间，可以尽情研究它们，我亲爱的安布罗斯。"

"你太好了，费迪南德，我亲爱的朋友。可你的房子，尤其是你的花园，只会让人犯懒，而不是激励人去研究。"

他的声音里毫无感情，仿佛他刚刚学会说话，仿佛他念出词语是为了学习它们，而不是为了让人听懂。杰迈玛觉得，他说出来的人类语言真是奇怪。

不久，两位男士起身向房子走去。杰迈玛从树上爬下来，走向一个只有她会去的旧棚子。她从墙上的洞钻进去，里面的各种物品在她脚边的地上投射出扭曲的影子。墙上装饰着五十来只不同种类的家禽的头，都或多或少地用某种天然防腐剂成功处理过。每颗头都没有舌头，舌头单独存放在一个装着液体的瓶子里。杰迈玛爱不释手地摇晃着瓶子，看到有十几条舌头上已经长出了白色的小根须。

棚子的一个阴暗角落里，有什么东西正在动。杰迈玛开始说话："是的，我们很快就要吃晚饭了。今晚的菜色很不错。大厨做了挞皮，我抓了苍蝇和黄蜂。希望大家都会喜欢。"

杰迈玛拿出红色的桌布铺在地上，然后从铁盒里拿出一大块挞皮。她从最里面的壁龛里取出一个笼子，打开后，一只大蝙蝠重重地落到桌布上。它胖乎乎的，七只小蝙蝠正在吮吸它的七个乳头。杰迈玛用两根手指吹响口哨，三只黑猫从窗口跳了进来。大家开始吃晚餐。

"今天的苍蝇味道很不错，"杰迈玛嘴里塞满食物，说道，"我亲自用糖、奶油和完全腐烂的肉喂养它们。这让它们尝起来有一种水果味，而且鲜美可口。我们得喝些红酒，因为今天是我们的节日。"

酒也放在盛挞皮的铁盒里，一瓶一九二九年

的菲纳罗什酒庄葡萄酒。所有动物都和杰迈玛用同一个碗喝酒，它们很喜欢。她拿上一件乐器，演奏忧郁而狂野的音乐。

"跳舞吧，杰迈玛，跳舞吧，"杰迈玛唱道，"跳舞吧，你这丰满又漂亮的生物。"

蝙蝠在桌布上上蹿下跳，乳头上还挂着它的七个小宝宝。它拍打着翅膀，似乎欣喜若狂。三只猫坐在那里一动不动地看着，只有尾巴像蛇一样有节奏地摆动。夕阳从墙上的洞口照进来，光线中忽然出现了一团阴影，看上去像是狼头。但当杰迈玛转身去看的时候，外面并没有人。猫咪们嘶叫着跳出窗外。不久，杰迈玛听到女家庭教师在花园里叫她。她从洞里爬出棚子，喃喃自语地咒骂，地球上及其他地方的所有肮脏家庭教师都是老妓女。她经过一片颤动的树丛，那里已被夜行动物占据，许多小昆虫的翅膀被她的头发兜住，她吃掉它们，吐出鳞脚。

"你去哪儿了，杰迈玛？"女家庭教师问，"晚餐已经开始了。告诉我，你去哪儿了？"

"哪儿也没去。"杰迈玛说。

布勒泽布斯小姐叹了口气。

"去换衣服,洗手洗脸。请快一点。"

杰迈玛上楼回到她的房间,她从出生以来就住在这里。她所有的玩具、书籍和衣服都在这里,这也是她吃饭的地方。她的晚餐已经摆在桌上了:一杯牛奶、一些饼干和水果。她带着轻蔑的微笑看着食物,把牛奶倒进花盆,对饼干视而不见。接着,她认真换好衣服。布勒泽布斯小姐看到她的学生穿得如此整洁细致,深感意外。她们下楼去客厅,费迪南德和"狼男"(杰迈玛就是这么称呼他的)正在吃晚饭。她的母亲阿米莉亚与两位男士隔着一段距离,正在插花。费迪南德亲了亲杰迈玛,把她介绍给"狼男"。

"这是杰迈玛。这是安布罗斯·巴巴里,我想让你见见他。他让我派人去找你,这样你们就能认识一下。"

杰迈玛双手颤抖,掌心汗湿。她看着"狼男"那双充满野性的眼睛,只觉得脸上发烫。

"你喜欢的野生动物，安布罗斯·巴巴里都可以给你讲很多关于它们的趣事。他对动物的习性很有研究，是个非常有学问的人。"

"狼男"微微一笑，露出他的尖牙。

"恐怕杰迈玛还没有准备好和有学问的人交谈，"阿米莉亚酸溜溜地笑着说，"而且，只怕巴巴里先生会觉得我们的女儿很无知。"

杰迈玛愤愤地瞪着母亲，但她正在察看自己的插花。"狼男"突然狂笑起来。

"我相信您的女儿一点也不无知。她有一双非常聪慧的眼睛。来，杰迈玛，喝一点我杯子里的酒，以示我们是朋友。"

杰迈玛喝下酒，得意地看向母亲。

"我有个礼物送给你，小姑娘，""狼男"继续说，"但我不想让你现在就打开。等你上床睡觉前再打开包裹。我知道小女孩们都很喜欢礼物。"

他说话时，非常认真地看着杰迈玛。

"给你，虽然包裹不算大，但我觉得你会喜欢的。"

杰迈玛把包裹拿在手里，摸到里面有些地方是软的，有些地方是硬的。她好奇极了。

"明天你可以告诉我，这份礼物是否合你心意，""狼男"说，"早饭前我们一起去散散步。你起得很早吧？"

"我六点就起了。"

"六点半，我在草坪上的大柏树附近等你。"

"该睡觉了，杰迈玛。"母亲说。

杰迈玛回到她的房间。只剩她一个人的时候，她急忙打开包裹……随后闷声叫了出来。她手里拿着的是一只公鸡的头，眼神里仅存死亡。这不是一只普通的公鸡。杰迈玛从没见过这样的鸡，它比其他公鸡大五倍，而且是白色的，全身都是白色，甚至连鸡冠和喙都是白的。杰迈玛低下头，亲了它三下。"噢，你是来自我想拜访之国的生灵，你是美丽的、无与伦比的公鸡。"她一直这样久久看着手里的公鸡，快到午夜时分才上床睡觉，公鸡的头紧紧贴在她心上。一整夜，她都在做噩梦，梦中出现了"狼男"的头，但长在一具灰色且毛茸茸的细长身体上。有时他是一匹狼，有时是一只狐狸或者其他动物，有时是所有动物的身体和他自己的身体结合在一起的样子。

四点钟的时候，杰迈玛跳下床，跑到窗前。月亮还浮在空中。她看到花园里有个影子在四处游弋。虽然影子渐次变成了植物、鸟、动物、人，她还是认出来了。她穿着睡裙，将公鸡头揣进其中，悄悄下楼来到花园里，在不被发现的情况下跟在影子后面，确保她的气味不会飘到前方。她知道自己在跟踪"狼男"，但无法分辨出他身体的准确形态。她在月光下看到的影子是个男人，正漫无目的地走来走去，不时弯下腰去采摘一些植物，然后马上塞进嘴里吃掉。他突然停了下来，杰迈玛看到他周围的植物像活着的手臂一样动了起来。他在和植物说话，它们用各种姿势回应。杰迈玛叹了口气，"狼男"发现了她。

"是好奇心把你带到这里的吗？""狼男"问她。

"我想和你在一起。我是跟着你来的。你真美。"

"狼男"走近她，摸了摸她的头发。

“像荆棘一样粗糙，”他喃喃道，“你的头发里藏着爪子。”

“荆棘和爪子。”杰迈玛用不带感情的声音说道。

“你注意到我被影子跟踪了吗？”

“它们已经走了。”

“对我们来说，影子是危险的。但对你来说……”

“我一句也听不懂。告诉我，你刚才在吃什么？”

“植物。如果我吃得够多，我的皮肤就会变成绿色。那样我会更漂亮，你就会对我投怀送抱。”

杰迈玛用指尖摸了摸他的脸，他的皮肤非常光滑。他们说话的时候，她感觉到他的脸似乎在变换颜色。接着，太阳升起来了，黄得像老虎的眼睛。夜行动物们在光线下颤抖，纷纷藏起自己。杰迈玛惊讶地环顾四周。一切都在几秒钟内发生了变化，只剩她孤身一人。她对“狼男”的最后印象如挥起的鞭子一般转瞬即逝。她确信他浑身被毛发覆盖，闪烁着天空中所有颜色的光芒。他已完全消失在植被中，这让她觉得仿佛看到叶子直直穿过他的身体，他自己已经变成了一株植物。

她绝望地哭起来。她注意到，自己除了睡裙什么也没穿。睡裙皱巴巴的，几乎遮不住她的身体。她双脚赤裸，沾满泥土。她从未体会过如此尖锐的孤独，流进嘴角的泪水像有毒的植物，味道苦涩。她用头发擦了擦脸，回到房子里。她洗了脚，除去刚刚那场奇妙征程的痕迹。但她的脚已经发生了变化。她弯下腰仔细察看，满足地确认她的脚确实已经蜕变。她的脚趾之间长出了细密柔软的毛发，止于脚背，那里只长着肉眼几乎看不到的细毛。她张着嘴，惊奇地看着双脚，喃喃自语："我也有同样的血统。我会像他一样美貌吗？我一定要好好打理这精美的毛发，让它长得更茂盛。短短几天后，我还会看到什么奇妙的变化呢？"她轻声笑着，哭着，久久无法把视线从双脚移开。

太阳整天狠狠地敲打着花园。杰迈玛没有离开自己的房间。她把她的三件宝贝藏起来，以防被好奇的眼睛发现：她的两只脚和公鸡的头。女家庭教师不时走进来想要聊天，但杰迈玛一句话也没回应。

布勒泽布斯小姐为她学生最近变幻莫测的行为感到不安。她很是好奇，试图让她的学生开口。

"你是不是生病了？为什么总是看向窗外？你还是出去在花园里玩玩吧。赶紧回答我，杰迈玛，你是不是病了？"

但女孩什么也没说，保持着一种轻蔑的沉默。

"我和你说话的时候，要是你不能礼貌地回答，茶点时你就吃不到果酱了。"

杰迈玛大笑起来。女家庭教师气冲冲地离开了房间。

杰迈玛继续一直守在窗边，试图捕捉狼的踪迹。花园里每一个移动的影子都让她颤抖。她希望再次看到他的脸，哪怕是远远看着也好。

太阳落山时，她已经绝望了。她去了花园，左走右走，围着房子转了一圈，查看了每一扇窗户，问了每一棵树、每一块石头："他在哪儿？他在哪儿？"最后她跑进森林，希望在那里找到他。荆棘撕扯着她的双腿，她却根本没有注意。夜幕降临的时候，她再次走向房子，遇到了一个仆人。看到她血淋淋的脸和她疯狂的样子，仆人吓得叫出了声。

"昨晚住在这里的那位先生呢？"她用沙哑的声音喊道，"快回答我，我一定要知道。"

仆人摇了摇头。"天哪，小姐，我不知道……"她想跑开，但杰迈玛拽住了她的胳膊，指甲嵌进她的皮肤，直到女仆痛得大哭起来。

"不久前有人离开了……一个高大的男人，长着灰色的头发。请您放开我吧，您弄疼我了……"杰迈玛的脸色突然变得像死人的一般。

"走了？他走了？"

"他带着行李走了。让我安静地离开吧。"

杰迈玛不关心女仆了，她不再抱任何念想。她只觉得嘴里涌着鲜血。她孤身一人。沉重的黑影在她面前浮着，在通往群山的路上迷失了方向。她看向房子另一边，母亲正在梳头。她漠然地看着那具松弛模糊的身体，觉得就像一朵肥云。

"母牛，"杰迈玛嘟囔着，"真是一头母牛。"随后，她叹了口气，顺着一排树走去，直到被一阵冰冷的风吹停，才开始痛苦地啜泣。这时，她听到身后传来快速的脚步声，一匹狼从她腿边飞奔而过，叫声如同风的咆哮。

"这条路没错。"她想。她径直穿过风，任其在她身后扫过。再往上走，雪下得越大，杰迈玛哭出的眼泪冰凉。她发现自己身处一片森林，树木比教堂还要宏伟。树枝间飘浮的云朵缠绕在一起，结成黑色的疙瘩。鸟儿落到地上死去，就连石头也流出冰柱。杰迈玛把手伸进头发，发现头发已经变得像木头一样坚硬，如同原始乐器一般发出共鸣。几只瘦弱的动物经过，对她视而不见。

她决定爬上一棵树，以便观察四周。到了顶枝令人惊讶的高度，她得以看到很远的地方。除了绵延数英里的森林和一座巨大的城堡，其他什么也没有。城堡似乎建在一座山上，塔楼比最高的树还要高。她盯着城堡看了很久，直到她注意到自己的手旁边多出了一只小手。那只小手吓坏了她，她不敢动弹。有人在她肩头大笑，她知道那是手的主人发出的笑声。她颤抖着慢慢回头，看到一个小男孩或小女孩，她很难辨认出这个苍白脆弱的生物到底是什么性别。一定是疯了才会这样盯着我看，杰迈玛想，恐惧扼住了她的喉咙。

"那是我父亲的城堡，"小孩说，"我是米莫，他亲爱的小儿子。我允许你看我父亲的城堡。"

"你是个男孩，对吧？"杰迈玛问，试图远离他身上那令人恶心的气味。

"随你怎么想。我能看出来你不是很聪明，但这并不重要。很难要求智慧与陪伴并存。你今年多大了？"

"我十三岁。你呢？"

小男孩突然大笑起来，笑声又被一阵剧烈的咳嗽扼杀了。

"十三岁？"他惊呼，"十三岁。你一定是个巨人。也许这就是你这么愚蠢的原因。众所周知，巨人都很蠢。我今天正好二十岁。你可以吻我了。"

"我不想。"

米莫的脸凑了过来。"你错了。你不觉得我很帅吗？"

杰迈玛审视着他小女孩般的面容，觉得他虽然漂亮，但很可憎。

"也许是，也许不是。但我不想让你碰我。"

"妈妈和我看上去都比实际年龄要小，我们为自己的娇美而自豪。爸爸跟我们不一样，他和住在这附近的所有人一样丑陋。他和你一样丑，像动物似的。而我们呢，我是说妈妈和我，看起来就像天使。我很开心我长得不像爸爸。"

杰迈玛双手攥在胸前，心脏狂跳。

"你父亲是个什么样的人？快告诉我，不然我就把你扔到森林里去。"

米莫略显惊讶地看着她。

"你可真残忍！但我们总是要包容下等动物的。我父亲和森林里的所有动物一样，没什么区别。狐狸、狼、猫、鹰、鹿、马、公鸡……总之，你让我很不爽。"

"带我去你父亲的城堡吧。我很冷，而且从昨天开始我就没吃过东西了。"

"上面会更冷的。况且这里还更好玩。"

"我想去你父亲的城堡，如果你不想和我一起去，我就先杀了你，然后自己去。"

米莫轻轻笑了起来。"告诉我你的名字，答应和我一起玩我的游戏，我就带你去城堡。"

"杰迈玛，"杰迈玛不耐烦地回答，"我答应你。我们快走吧，不然我会冻死的。"

他们一起从树上爬下来，杰迈玛觉得自己仿佛正沉入大地中央的一个洞里。树脚边立着一辆木质的自行车，前轮巨大，后轮窄小，就像是最原始的自行车。她现在才发现，米莫穿着一件纤薄的睡裙，还光着脚。他跳上自行车，牵起杰迈玛的手，拖着她前进。自行车缓缓向前，左右晃动。森林冻结在一片死寂中。自从遇见米莫后，她就没见到一只活物，只有一条鬣狗跟在他们身后，嗅闻着空气。

"你怕那条鬣狗吗？"她问，"不然你为什么要鼓着眼睛看它？"

"如果我去睡觉，它就会吃掉我。所以它才会跟着我们，"他轻笑着说，"我可不想被塞进它脏兮兮的肚子里。"

"鬣狗只吃腐肉。"杰迈玛说。

"你可真是个十足的白痴。"米莫说。"白痴，白痴，"他唱了起来，"她是个白痴，她是个瞎子，可怜的孩子。"他笑得太厉害，差点从自行车上摔下来。

"他闻起来……是肉的气味……腐肉……"她想着，但决定闭嘴。

他们越来越接近城堡，寒意更浓了，但米莫似乎没有察觉。他那张洁白如雪的小脸露出祥和的表情。一盏盏大灯照亮了横跨在城堡护城河上的桥。杰迈玛本来以为米莫的长鬈发是金色的，现在才看清他的头发是白色，而且稀疏得像老太太的头发。头发稀稀拉拉地在他脸前飘来飘去，仿佛香烟的烟雾。接着，在灯光下，她注意到他的双手：像猴爪一样萎缩成一团，指甲几乎被咬没了。

他们从一扇巨大的门走进城堡庭院，随后进入城堡。这里没有任何动静，也没有任何活物，就连家具都是一副枯萎憔悴的样子。杰迈玛将手放在一把椅子上，惊恐地看着它在眼前化为灰烬。她站在原地，双手按在喉咙上才克制住叫声。她以为自己会被吓疯。米莫饶有兴致地观察着她，唇边挂着浅浅的笑意。

"我们去花园里玩吧，"他说，"还记得吗，你答应过我的。"

花园在城堡正中。一只大乌鸦正用喙啄着地面。杰迈玛走过去，看见一块平坦的石头上刻着如下字样：

我们亲爱的小米莫。死于一九〇〇年六月十日。

她转向米莫，发出一声怒吼。

"尸体，你这肮脏的尸体！"

现在她明白了一切，乌鸦正饥饿地叫喊，围着米莫的脑袋飞来飞去。杰迈玛开始在巨大的城堡里奔跑穿行，很快就迷失在迷宫般的房间里，一个个房间就像一口口巨大的棺材。房间空荡荡的，没有尽头，一间接着一间，被封在令人窒息的寒意里。

最后，她疲惫不堪，躺在一块巨大的石头上，读着上面深深刻着的哥特字样：

安布罗斯·巴巴里和他的妻子露辛德在此长眠。"狼男"，亲爱的主人，不要总是追逐活人的脚步。

骷髅的假期

骷髅兴高采烈，就像刚刚脱下束身衣的疯子。能在没有肉体的情况下行走，让他觉得自由。蚊子不会再叮他。他也不用再理发了。他既不觉得饿，也不觉得渴；感受不到热，也感受不到冷。他绝非在情场厮混的浪荡子。有一段时间，一位德国化学教授总是盯着他看，想着也许能把他变成美味的仿制品[1]：炸药、草莓果酱、用来装饰餐盘的泡菜。骷髅知道怎么摆脱他，只要掉下一块幼小、轻盈的骨头，教授就会扑上去，背诵化学赞美诗，用热吻覆满骨头。

骷髅的住处里有一颗古老的头和一双现代的

1　原文为德语"ersatz"。

脚。天空即顶棚，大地即地板。墙壁刷成白色，装饰着雪球，里面嵌有跳动的心脏。骷髅看起来像一座透明的纪念碑，梦想着拥有带电的胸膛；他没有眼球，却露出愉快而无形的微笑，凝视着我们星球周围无穷无尽的寂静。

骷髅不喜欢灾难，但为了表明生活中确实会出现危险的时刻，他在精美的寓所正中放了一枚巨大的顶针。他不时坐在上面，就像一位真正的哲学家。有时，他会随着圣-桑[1]的《骷髅之舞》翩翩起舞，但他的舞姿优雅、诚恳，就像是在浪漫的老式墓地中上演的午夜之舞，见证他舞姿的人都不会有不悦之感。

他满意地思考着银河，也就是环绕着我们星球的骨头大军。银河闪亮、璀璨，无数的小骷髅舞动、跳跃、翻滚，让银河如此耀眼，这是它们的职责。它们欢迎来自上千个荣誉赛场的死者：鬣狗、蝰蛇、鳄鱼、蝙蝠、虱子、蟾蜍、蜘蛛、绦虫、蝎子都有

1　指夏尔·卡米耶·圣-桑（Charles Camille Saint-Saëns，1835—1921），法国作曲家、演奏家，代表作有《动物狂欢节》《骷髅之舞》等。——编者注

荣誉。它们为刚死去的生物提供初次咨询，引导它们迈出第一步。刚死去的生物沉浸在被抛弃的不幸中，和刚诞生的生物没什么两样。我们那些令人反感但杰出的同僚、兄弟、姐妹、叔叔、婶婶，周身散发着野猪的气味，鼻子上镶着干牡蛎，死后就会变成骷髅。你听到过屠杀中死者的骇人呻吟吗？那是属于新生的死者的可怕幻灭，他们原本希冀并值得永恒的安眠，却发现自己受了蒙骗，陷入无尽的痛苦和悲伤之中。

骷髅每天早晨起床时，干净得像吉列剃须刀的刀片。他用草药装饰自己的骨头，用祖先的骨髓刷牙，用法蒂玛红涂抹指甲。晚上的鸡尾酒时间，他去街角的咖啡馆，在那里阅读《死灵法师日报》，这是高贵的尸体们最喜欢的报纸。恶作剧是他自娱自乐的方式。他曾假装口渴，借此索取书写工具；他喝光墨水瓶，墨水从下巴间灌进尸身，染黑了他的白骨，留下斑斑点点。还有一次，他走进一家恶搞道具店，给自己买了好些巴黎制造的假大便。有天晚上，他把假大便放进夜壶里，吓坏了第二天一早前来打扫的仆人：他不明白，不吃不喝的骷髅怎么会像人类一样有如厕的需要。

有那么一天，骷髅恰好画了一些榛子，它们依靠小短腿在山间漫游，嘴巴、眼睛、耳朵、鼻子和其他孔洞里都吐出了青蛙。骷髅吓坏了，就像一具骷髅在光天化日之下碰到另一具骷髅一样。很快，他头上长出一个南瓜探测器，白天的那侧像广藿香面包，晚上的那侧像哥伦布的鸡蛋[1]。他半信半疑，出发去见一位算命大师。

---

[1]　相传，哥伦布发现新大陆后，有人认为这算不上什么伟大成就。一次宴会时，哥伦布请在场宾客将一只鸡蛋立在桌上，大家传了一圈，却无人能做到。最后，哥伦布将鸡蛋的一端磕破，成功让蛋立在了桌上。——编者注

《舞会新秀》《恐怖之家》《椭圆女士》《皇家命令》《恋人》《萨姆·卡林顿叔叔》《他们经过时》《鸽子飞》《三个猎人》《西里尔·德·甘德尔先生》《悲伤消沉或阿拉贝尔》《姐妹》《中性的人》由郁梦非译自法语；

《白兔》《等待》《第七匹马》《我的法兰绒内裤》《我母亲是头牛》《一则墨西哥童话》《快乐尸体故事》《沙骆驼》《格雷戈里先生的苍蝇》《杰迈玛和狼》《骷髅的假期》由李思璟译自英语；

《以及在医生们充满火药味的一月》《一则关于如何创立制药产业或关于橡胶灵棺的故事》由郑楠译自西班牙语。

©Emérico Weisz

"你必须获得自由。

自由地杀戮，自由地尖叫，

自由地扯掉他的头发，自由地逃离，

只为能笑着回来。"